高峰秀子

にんげんのおへそ

JN152188

扶桑社文庫
0839

にんげんのおへそ　目次

装幀・挿画　安野光雅
本文カット　安野光雅『蚤の市』（童話屋）より
本文デザイン　水上英子

にんげんのおへそ

四十三年目のウェディングドレス

雨戸のスキ間から流れこんでいる一筋の光がパアッと明るくなった。今日もいいお天気らしい。時計の針は九時三十分を指している。

「さて、起きるとするか」と、頭ではおもうけれど、身体のほうはぐんにゃりとベッドに貼りついたままピクとも動く気配がない。やはり、大阪への小旅行が応えたらしい。いや、細かくいえば、大阪へ出発する前から疲労は既にはじまっていた、というべきか。

「弁当」である。わが夫・ドッコイは、旅行と弁当は常時ワンセットになっているのが当然で、弁当なしの旅行などはこの世にあり得ないと信じて疑わない「弁当人間」なのだ。近頃は便利になって、旅行の前にちょいとデパートの食料品売場に立ち寄れば、よりどりみどりの弁当が並んでいるし、空港やJRのキヨスクでも手軽に弁当が買える。が、夫はそれらの弁当には目もくれず、「汽車弁喰うくらいなら、水でも飲んだほうがマシだ」などとオドシをかけて、私に弁当を作らせるのである。「愛妻弁当ですか、いいですねえ」とニヤニヤされるかもしれないが、そんなほんわかムードとはカンケイない。弁当のおかずは十年一日、塩鮭と卵やきさえ入っていれば子供のようにニコニコしているのだから誰が作っても同じようなもので、私の作る弁当がとくに美味《うま》いとか不味《まず》いとかということにもカンケイない。

では、なぜ？　どうして？……。

「漬けもの」である。夫は漬けものと名のつく食品を断固として食さない。わが家への到来物には、味噌漬、奈良漬、広島菜漬、野沢菜漬、名古屋名産守口漬、京都の漬けもの詰めあわせ、山菜漬のセット、などが次から次へと現れる。が、そのいずれも、夫は食さない。なにしろ新婚早々のころ、彼は大まじめな顔をして、ヘンに切り口上で、私にこう言ったのだ。

「お願いがあります。一生、タクワンだけは喰べないでください」

「タクワン?!」

私たち夫婦は、知り合ってから一年も経《た》たない内に結婚をしたから、夫となる男性がタクワン嫌いかどうかまでリサーチをする時間がなかった。私は、ヌカ漬であれ塩漬であれ、漬けものさえあれば他のおかずはいらないほどの漬けもの好きだけれど、まあ、漬けものがなければ生きてゆけないというほどのことでもなし、タクワンよりも新婚ホヤホヤの夫のほうが大切だから、私はとりあえず「ハイ。わかりました」と、うなずいた。以来、何十年にも亘る私の「漬けもの抜き弁当作り」がはじまった、というわけである。

考えてみれば、市販の弁当には、御飯のまんなかに小粒の梅干がチョコンと乗っていたり、柴漬とか大根漬二切れとか、と、なにかしら漬けものらしきものが入っている。やんごとなき高価な松花堂弁当にさえ、チラリと漬けものっぽい一品が組みこまれていて、これはもはや弁当の宿命とでもいうべきか。

「カレーライスの横に福神漬なんかくっつける発明をしたのは、いったいどこの誰なんだ！」などと夫は怒るけれど、そんなことは私の知ったことではない。

結婚生活とは、なにかと面喰うようなハプニングが起こるものだけれど、「タクワン喰うな」のお願い以来、私はなにかと漬けものを意識するようになった。好物のウナギや天ぷら定食にも必ず小皿に盛られた漬けものが登場する。漬けものの小皿が夫の目の前に置かれるやいなや、間髪をいれずにカッさらって私のお膳に移動させる早業なんざ、われながらほとんど神技に近い、と、自分ではおもっている。小皿の漬けもの程度なら、さっさと自分のおなかに送りこんでしまえば一件落着だが、自宅に到来する大量の漬けものを片っ端からバリバリと消化するほどの胃を、私は持っていない。御近所におすそ分けしたくても、右隣りはシリア・アラブ共和国大使館、そのうしろがガーナ大使館で、左隣りがアメリカ副大使公邸とあっては、「梅干一樽もらってください」というわけにもいかない。

いまは亡き元総理大臣三木武夫氏の生まれ故郷は徳島県で、生前、盆、暮れには必ず御自慢のひねタクワンの漬けものが到来したものだった。とにかく巨大な大樽で、タクワンの匂いがプンプンを通りこしてガンガンにおう。送り主の御好意を無駄にするに忍びず、もったいながりやの私はタクワンの大樽をジャガーのトランクに積みこんで知りあいのトンカツ屋さんに運びこみ、店で使ってもらったこともあったっけ。

さて、今回の弁当である。

ごはんにおかずの匂いが移るのはうれしくないので、わが家の弁当箱は、紙製、使い捨ての二段重ねを用いている。おかずの筆頭は、

○定番、鮭焼き（弁当用の塩鮭は絶対に中辛の最高品を用いること。皮をしっかりと焼かないと生臭いので要注意）

○めんたいこ（めんたいこの皮をとり除き、上等のけずりカツオと交ぜあわせる）

○牛肉の炒め煮（しゃぶしゃぶ用の牛肉とししとうをオイルで炒め、醬油をタラリ、みりんをチラリと加えて煮上げる）

○いんげん（塩茹でしたいんげん豆を細く切り、八方だしに漬けて白ゴマを振り、おひたしにする）

○のりの佃煮（乾燥岩海苔を水でもどし、八方だしと醬油を煮つめた汁でサッと煮て、七味唐辛子を振る）

しんがりはグリンピースの炊きこみごはんで、炊きあがったら醬油煮の実山椒をパラリと散らすのを忘れてはならない。夫のごはんの片隅には三個のお多福豆を包んだホイルを押しこみ、私のごはんのまんなかにはでっかい梅干を一個、指さきでギュウと埋めこむ。弁当箱を間違えたらタイヘンだから、弁当箱の蓋にはちゃんと、Z、H、と書いてある。ああ、この涙ぐましいほどの努力と配慮。誰もホメてくれないから自分でホメるよりしかたがない。「オヌシ、やるねぇ」ナーンチャッテ。

東京駅発の電車の時間は午前十一時四十分。これも長年の習慣で、電車がスウと動きだし、熱海の海が見えるころ、おもむろに弁当を開く、というのが夫の趣味だから、なにがなんでも午前中ギリギリの電車を選ばなければならない。まるで弁当のために電車に乗るようなものである。

したがって、出発当日の起床は早朝七時。これが超低血圧の私には結構辛《つら》い。寝ぼけまなこで昨夜仕かけておいた電気釜のスイッチを押し、朝のカフェオレを沸かし、塩鮭を焼く。昨夜のうちに下ごしらえをしておいたおかずを、チマチマチョコチョコと蓋つきのプラスチックの容器につめこんで弁当箱におさめる。容器のスキ間にはあおあおとしたサニーレタスを千切って押しこみ、ついでにキュウリの切れっぱしなどに塩をまぶしてつっこんでおけばサラダ感覚で悪くない。そうこうする内にグリンピースごはんが炊きあがり、バタバタとうちわを使って熱をとる。その間に鏡台の前に走ってお化粧、着替え、という作業もあり、早くも疲労のきざしは濃い。

生来、人づきあいの苦手な私だが、七十歳をすぎてからはますます出無精になり、冠婚葬祭その他、人の集まる場所には不義理を承知で出向かない。そんな私が、珍しく知人のお嬢ちゃんの結婚式のために大阪くんだりまで出張するのだか

ら、自分で考えても正気の沙汰とはおもえず、最近急激に進行中のボケのなせる業かしらん？　ともおもうが、まあ、理由らしきものは、ないでもない。

「ウェディングドレス」である。

関西は芦屋の住人である私の知人は、両親と一男一女の四人暮しである。両親の人柄がよく、子供は爽やかで出来がいい。わが家のようにガキのいない夫婦なんか家庭とはいえない、と、夫は言うけれど、私も夫もこの家族のファンで、四人揃って元気印でいてくれれば私たちも嬉しい。

順風満帆、しあわせ一杯の家族を押しつぶしたのは平成七年の阪神大地震である。火災からはまぬがれたものの、家中の物品はことごとくこわれ、ひん曲がった家の修理がようやく終ったときはサイフの中味はスッカラカン。おまけに四人そろって勤めていた勤務さきもまた同様で、閉店休業だから収入もない。てんやわんやの最中に、とつぜん爽やか嬢ちゃんにめでたい縁談が飛びこんだ。万事が謙虚でスマートな家族だから、「ぜいたくをする気はないけれど、生涯に一度の結婚式に、せめて上等なウェディングドレスを着せてやりたい」とおもう気持ちが母親の当然であり、家族の顔にもそう書いてある。先立つものが不足だから新調はしょせん無理としても、貸衣裳一式で百万円に近い料金と聞いて、私はビックリ仰天した。

「冗談じゃないよ。百万円なんて」

「私、あきらめます」

「なにを、結婚を？」

「ちがいます。貸衣裳をやめて、手持ちのワンピースを着ます」

「でも、着たいんでしょ？　ウェディングドレス」

「はい。あちこち探しましたけど貸衣裳のウェディングドレスって、どれもヒラヒラゴテゴテしているし、せっかく着るなら……」

「せっかく着るなら？」

「高峰サンの結婚衣裳のような、あんなのを着たいんです」

私は、爽やか嬢ちゃんの頭からつまさきまでをジロジロと眺めわたした。背格好はほとんど私と同じである。

「私のウェディングドレスねえ……よければ着てもいいけれど、四十三年も前のドレスだよ。古も古、コットウ品だ」

「もし、着せていただければ、写真だけ撮らせていただけますか？　式はワンピースでしますから」

「もうボロボロかもしれないし、とにかく探してみる」

家に戻った私は衣裳部屋に入りこんで四十三年前のウェディングドレスを探しはじめた。

衣裳部屋といっても夫婦兼用の二坪ほどのスペースだから、ウェディングドレスなどぶら下げておく場所もない。というより、私は不用とおもう物品はすべてエイヤッと廃棄処分してしまうヘキを持っているから、二度と着ることもないウェディングドレスなど、もう、とっくに消え失せてしまったかも……ふと、和ダンスの上を見ると、なにやらヒモでふんじばった大きな枕のようなものがゴロンと転がっている。とつぜん、結婚直後のある日、始末に困ったウェディングドレスを小さく丸めて白い枕カバーの中に押しこんだ記憶がよみがえった。

「あった、あった……」

枕カバーからひきずり出したウェディングドレスは、白い雲のようにふわふわと膨れあがり、部屋いっぱいに広がった。

胸の部分は白いスパンコールをちりばめたレースで、スカートはシルクとチュールの二枚重ね。長く引いたトレインが優雅で美しい。結婚以来四十三年間、このウェディングドレスは何度かの引越しにもめげず、せまい枕カバーの中で息をひそめていたのだった。美しく、愛《いと》しく、そして思い出深いウェディングドレスをしみじみと眺める私の脳裏に、結婚当時の数々の思い出が、映画のフラッシュバックのように点滅した。

昭和三十年。当時映画女優だった私は、演出家、木下恵介の愛弟子だった松山善三と結婚をした。松山サンも貧乏だったが、私も貧乏だったから、仲人の木下恵介、川口松太郎のお二人から二十万円ずつの借金をし、四十万円コッキリで結婚費用のすべてをまかなった。結婚式は、当時、アメリカ進駐軍の専用だった麻布の教会で行った。花嫁が祭壇まで歩き進むための白布敷物の洗濯代百三十円の支出のみで、つまり安あがりだったからである。披露宴の招待客は何百人という数から四十人足らずのギリギリまでしぼりこみ、銀座の小さなレストランでささやかに済ませた。とはいうものの、いくらケチっても、あれやこれやと出銭が多く、四十万円の借金はみるみる内に消えてゆく。結婚式のハイライト、ウェディングドレスの予算など考えているヒマもない。

当時、アメリカでは「ナイロン」という安価な化学繊維が大流行と聞いた私は、ワシントン在住、日系二世の女友達に手紙を書いた。

「シンプルナデザインデ、一番安イナイロン製ノウェディングドレスヲ送ッテクダサイ」

ところが、彼女から送られてきたウェディングドレスは、目玉が飛び出し、のけぞるように豪華なドレスだった。

手紙が入っている。

「一生ニ一度ノコトデスカラ、最高ノシルクノウェディングドレスヲ選ビマシタ。値段ハ二十万円デシタ」

二十万円！　私は呆然となったが、いまから飛行機に乗っておとり替えにゆくわけにもいかないし、結婚の日は迫っている。「また借金か……」私はべそをかきかき東宝映画会社に駆けつけて、二十万円の映画出演料の前借りをしてその代金に当てた。

そんなおもいをして着用したウェディングドレスだったが、さて、果していまでも使用に耐えるだろうか？　とにかく、着てみないことにはわからない。

どういうわけか、私の体重は、百ポンド、四十五キロ、十二貫、と、昔もいまも変らない。四十三年前のウェディングドレスはピッタリと身体にフィットした。サヤサヤと絹ずれの音を立てながら歩きまわる。白髪、シミだらけ、シワだらけ、七十三歳のヨメハンは、どう見ても恍惚老女徘徊の図である。

四十三年前の私のウェディングドレスは爽やか嬢ちゃんにもピッタシだった。大阪、帝国ホテル内の教会で行われた結婚式の、爽やか嬢ちゃんの花嫁姿はこよなく愛らしく、そして美しかった。

時計の針は十時をまわっている。

私はノソノソとベッドから這いおりて、雨戸を繰り、窓をいっぱいに開け放った。窓下の沈丁花の芳香が部屋に流れこんだ。つい四、五日前まで落葉が散り敷いていた庭のあちこちに、ポッリ、ポッリ、と美しい緑色がのぞいている。毎年、たくさんの顔を出す「ふきの薹《とう》」である。

食堂のテーブルに朝刊を広げ、たっぷりのカフェオレを飲んだあと、私はキッチン鋏と洗い桶を手にして、めっきり建てつけの悪くなった身体をギシギシさせながら庭によろめき出て、三十個ほどのふきの薹を摘みとった。台所に戻り、流水でふきの薹の一個、一個をていねいに洗いあげ、小鍋に入れて煮はじめる。ふきの薹の薄味煮は、夫の大好物である。甘く、ほろ苦い匂いが台所いっぱいに漂った。

「今夜はふきの薹をサカナにして、熱燗を一本つけてあげましょう」

残ったふきの薹はトロ火でゆっくりと煮ふくめておけば、それこそ、お弁当のおかずに最高なのだ。

ああ、いつまで続くぬかるみぞ、である。

オッパイ讃歌

四、五日、寝不足の日が続いた。

左のオッパイの下のピンポン玉のようなしこりが、アバラ骨を押して痛くて寝つかれない。オッパイというものは、デカ、チビにかかわらず睡眠の邪魔になるという代物ではないのに……と、胸をまさぐってみたけれど痛くもかゆくもなく、ピンポン玉はやわらかいと固いの中くらいの手ざわりでコロンと居据わっている。カンシャクをおこした私は、ある朝、鏡に向かって左のオッパイをグイ！

と押し上げてみた。「ありゃ？」。オッパイの下が、ピンポン玉の半球のように突起して、まわりがうっすらとピンク色になっている。

生来、ひたすら「健康」だけが取り得の私は、十八歳の春に盲腸の手術を受けた以外に一度も病気をしたことがない。昭和三十年に結婚してからは、これはまた、ひたすら病気ばかりしている夫に、「お前さんはあんまり丈夫すぎて可愛気がないネ」とイビられたほどの病い知らずである。が、いくら病気に鈍な私でも、「このピンポン玉がムクムクと野球のボールほどになり、夏みかんくらいに成長したら……」とおもうとさすがに不気味になったが、夫は旅行中だし、私には行きつけの病院も主治医もいない。私は受話器をとって、隣家へのダイヤルをまわした。

隣家のW夫人は、私より四歳年上で、東京の五指に入る大病院の、元院長のお嬢さんだから病院には顔がきく。早朝にもかかわらず、彼女は庭づたいにわが家へ駆けこんできてくれた。適当に上品で、オッチョコチョイで、親切に手足が生えたような彼女は、私のピンポン玉を一目みるなり唇までマッサオになった。

「あなた、す、すぐに病院へゆかなくちゃ」

「病院へ？」

「そうよ、診てもらうのよ、今日中にでも」

「今日中ったって、私、今日はいろいろと……」

「なにを呑気なこと言ってるの。もしも」

「もしも？」

「に、乳ガンだったら」

「ニュウガン？」

「じゃないかもしれないけど、とにかく婦長さんに連絡をとって、先生の時間をあけていただくから、あなたはいつでも出られるようにしておいて。わかったわね」

呆然としている私を置いて、彼女は自宅へ飛んで帰った。

それから二時間の後、W夫人と私は、婦長さんのはからいで、病院の診察室ならぬ貴賓室に案内され、乳ガンの専門医、A医師を待っていた。

長身、ふちなし眼鏡、年のころは五十代の後半にみえるA医師は、挨拶もそこそこに、つかつかッと私に近よると、その場で無造作に触診にかかった。十秒……二十秒ほど経ったとき、A医師は腕組みをして、広く開いた窓ぎわまで歩くと……やがて振りむいた。

「一日も早く手術をしたほうがいいですね。病室はあいているかな」

「あの、御主人がいま旅行中なので……お帰りになったら、御主人とも相談の上で」

と、W夫人。

「そんなことをしていたら手遅れになりますよ。いま、十二月でしょう、このまま放っておけば一月末には命を失いますよ」

一月の末?!……あまりに早急なその言葉に絶句した私のうしろに、婦長さんがいたわるようにそっと寄りそった。

「先生。私、いまテレビドラマのけいこに入っているんです。お正月のオンエアなので、十二月の半ばにはビデオ撮りが終るんですが……」

「では、ビデオ撮りが終った時点で、ということで、病室を押さえましょう。まあ、念のためにレントゲンその他の検査はしますがね。それも早いほうがいい。今日やってしまいましょう」

蛇にみいられた蛙のように立ちすくんでいる私に、A医師ははじめてうっすらと笑顔をみせた。

「さあて……女優さんだから水着を着ることもあるでしょうし、どう切ろうかな。

こういって……いや、こうかな……」

左胸を中心にしてゆっくりと動きまわるA医師の指さきが、まるでナメクジでも這いまわるようにイヤな感触である。

「術後の二年ほどは身体のバランスが崩れて歩きにくくなりますが、まあ、あとで乳房をふくらませる整形もできますから」

私は、乳ガンの手術で乳房を失った女性を何人か知っている。一人の女性は術後何年か経っても背中から胸にかけて平らな板のようになった自分の身体を正視できず、いまだに肩からバスタオルをかけたまま入浴をしている、と言っていた。

女性にとって、ふたつの乳房は、子供を生む生まないに関係なく、れっきとした「おんな」のあかしであり、自分の乳房を大切に、そしていとおしくおもう心は、女性のみが持つ本能、業《ごう》とでもいうのかもしれない。

A医師の言葉にウソはなく、どの一言も真実だろうことは、私にもわかる。医師の診断結果に枝葉や感傷などは不必要なことも、わかる。けれど、医師に診察を願う患者は、病気の自覚があればこそ病院へ行くのだ、病いにかかった身体にはプラス、不安、焦燥、恐怖におののく心がひっついている。その心をワシづかみにして地面に叩きつけるようなA医師の、有無を言わせぬ強弁に、私は震えあがった。

が、考えてみれば、外科医にとって、乳ガンの手術をする以上、ガン細胞の温床である乳腺の走る乳房は、ただの憎っくき肉のかたまりでしかないのかもしれない……。

それにしても、乳ガンのレントゲン検査の痛いのには仰天した。オッパイの横から、縦からを、平たい板ではさんでグイグイと締めてゆく。オッパイはノシイカ寸前にまでペッチャンコになり、思わず「痛い！」と悲鳴が出る。

いま、こうして痛めつけられている私の大切なオッパイは、二、三ヶ月の内に跡かたもなく消え去ってしまうのか……これからさき、私は片方がカラのブラジャーをどうやって着《つ》けたらいいのだろう……。

レントゲン室からよろめき出た私は軽い貧血をおこして長椅子にへたりこんだ。

「なにひとつ悪いこともしなかったあなたなのに……どうしてこんな目にあうの……」

W夫人の眼に、女性にしかわからない涙が光っていた。

病院の玄関を出た私の眼に、外の風景はヘンに眩しかった。人々も道も建物も、すべてのものがまるで露出オーバーの写真のように白っちゃけていて、たったの二時間前に、一抹の不安はあっても、平常心で病院の玄関を入ったときといまでは、世界がガラリと違って見える……。私は、生まれてはじめて自分の脆さ、意気地のなさをおもい知って、メタメタにメゲた。

ピンポン玉のまわりが、なんとなく熱っぽい感じがして、私は病院から戻ると氷のうを左胸に抱いてベッドにひっくりかえった。なにも手につかず、なにも考えられず、食欲もない。こんな精神状態で、ビデオ撮りがあと十日さきに迫った一時間ドラマのヒロインが無事につとまるだろうか。既に半分以上の台詞《セリフ》が頭に入っている筈なのに、その一言さえ思い出せない。これまではいつも、スタジオの中では役の人物に化けきって、終始ゆったりと構えていた私が、オロオロととり乱し、台詞をトチリ、動きを間違って、NGを続出して冷汗をかく……。

「そんな自分を見るのはまっぴらだ。オッパイがひとつ無くなるより、もっと辛くてイヤだ。イヤだ、イヤだ……」

私の眼からとめどもなく涙が溢れだし、メソメソとだらしなく泣き続けて、その夜は眠れなかった。

翌日、旅行から戻った夫は、ベッドでのびている私に仰天し、説明に耳をかたむけながらピンポン玉にそっと指さきをのばした。

岩手医専中退、医者のおちこぼれである夫はじいっと考えこんだまま一言も発しない。私はじれた。

「ねえ、私、今度のドラマおりちゃいけないかしら？　いまなら代役も間にあうし……私、とても自信がない」

「そうだろうね、わかるよ。……でも、いまの秀さんに元気を出して、なんて言えないけれど、仕事だけは頑張ってやったほうがいい、と、ボクは思うよ。秀さんは今日まで、どんなことがあっても仕事を途中で放りだしたことなんてなかったじゃないの」

「でも、自信ない。演《や》る気がない」

「今日、けいこは？」

「夕方六時から、立ちげいこと衣裳合わせ」

「行くんだろう？……ねえ」

「……行く」

私はノロノロと起きだした。

涙ではれたまぶたはみっともなく、昨日も今日もなにも食べていないので足もとがフラフラする。私はテレビドラマのプロデューサーである石井ふく子さんに電話を入れた。いまの心境をあらかじめ話しておいたほうがいいと思ったからである。

大勢のスタッフを抱え、次ぎ次ぎとテレビドラマを作り、舞台の演出も手掛けているふく子女史は常に沈着冷静で、どんなことにも動じない人である。

「……それで……今日のけいこは六時からですけど、おいでになれますか？」

「行きます」

「五時半にお車をまわします。局でお待ちしていますから……では、のちほど」

六時。ふく子女史はＴＢＳの玄関の前に立って私を待っていた。

「高峰さん、お願いがあるんです」

「なあに？」

「診察をしていただいたのは、Ａ先生だけですか？」

「そうよ、どうして？」

「私のお願いは、もう一人、別の先生に診ていただいてほしいんです。余計なことかもしれないけど、私、勝手に決めて明朝、診察の予約をしちゃいました。気がすすまないでしょうけど私の顔をたてて病院へいらしてください。これが私のお願い。婦長さんが病院の玄関で待っていますから、必ずいらしてくださいね」

全く気がすすまなかった。

どうせ無くなるオッパイのために、またもやあのオッパイ締めつけレントゲンで悲鳴をあげるのかとおもうと、ユーウツで気がめいる。ふく子女史はそんな私に気を使って、軽いぬきげいこ（私のシーンだけをまとめてけいこをすること）だけで帰してくれた。

ふく子女史紹介の病院は大塚にあった。

婦長さんに案内された診察室には、N先生が机を背にゆったりと椅子に凭《よ》って見迎えてくれた。年のころはA先生と同じくらいか、ふっくらとした童顔で、身体はふっくら以上の肥満体で、細めた眼の光がなんとも優しくやわらかい。

人間の第一印象というのはふしぎなもので、私はN先生にすすめられるままに、吸いよせられるように椅子に腰をおろした。手術をするなら、このN先生のような方にお願いしたい……そんなおもいが、チラと頭の中を走った。

「ちょっと、拝見しましょうか……」

N先生の丸っこい指さきが、左のオッパイの上からまわり、下へ、と輪をかくようにすべって、ピンポン玉をとらえた。

「あ、これですね」

「A先生はすぐにも手術を、とおっしゃいました」

「A先生……ああ、あの方は切りたがりやだから……でも、これはねえ、私から診ると、悪いものではないと思いますよ」

「はァ？」

「第一、乳ガンならふつうはもっと上のほう……ここいらに出来るものです。下の、こんなところには……痛みはないでしょう？」

「ありません」

N先生はペンをとって、机の上の白い紙にと線をかいた。

「これ、お乳の横顔です。乳首に向かってたくさんの乳腺が走っています。太さが一ミリもない細い管なので、その腺のどこかになにか……水とか脂肪とかがつまって、こういうしこりになる場合もある……私どもは乳腺症とよんでいますが」

「乳腺症……」

「乳ガンとは関係のないものです。どうしてもとお望みならレントゲン検査もしますが、私はその必要はないとおもいますね。……いつからこんな状態になりましたか？」

「気がついたのは、十日ほど前です」

「たぶん、あと一週間もすれば、自然に消えてなくなるでしょう」

「消えて？……なくなる？」

「一週間経って、まだこの状態でしたら、もう一度診せてください。消えちゃったらもう来られなくて結構です」

「でも……」

「このしこりには、飲む薬もつける薬もありません。放っておくしかありません。あと二十分ほどで院長の回診が終りますから、院長室でお待ちになってください」

N先生は口をつぐんだ。

診察室から出た私は、キツネにつままれたようでポカンとしながらも、ふく子女史、W夫人、そして夫に電話を入れてN先生の言葉を伝え、院長室へと急いだ。

院長室に入り、婦長さんが私のブラウスのボタンをはずすと同時に廊下がざわめいて、院長先生を先頭に二十人ほどの白衣の大軍が目白押しに院長室を埋めた。

「どうしましたか？……どれどれ、ちょっと拝見」

色浅黒く、くりくりとした丸顔に大きく見開いた眼の色が強い。

院長先生の指さきがのびて、右のオッパイを触診した。

「あれ？……なんにも無いじゃないの」

「先生、ちがいます。左です、左」

うしろに控えていた白衣の一人がカルテを差しだした。

「あ、そうか。うん、うん、これは……と」

院長先生はピンポン玉の周りを押したり左右に動かしたりし、やがて、カルテの医師にドイツ語でなにかを指示し、私の肩を優しくポンポンと叩いた。診察は、それで終りだった。

一週間……私はなんとしてでも、N先生の言葉を一縷《いちる》の望みとして頑張ろうとおもい、目に入らないテレビ脚本にくらいつくようにして、毎夕六時からのリハーサルに通った。三人の先生に診察をしていただいた結果がどう出ようと、このドラマ一作がきちんと演《や》れれば悔いはない、と思うようになった。

　半分はやけくそ、半分はサバサバとした気分で、私はけいこに没頭した。六時から十時すぎのリハーサルで疲れ果て、私は以前からの睡眠不足をとり戻すかのようにベッドに入ると同時に眠りに眠り、ピンポン玉をまさぐる気にもならなかった。

　明日からビデオ撮り、という日、私はテレビ局の衣裳部屋で、仕立て上がったばかりの和服を試着するために洋服を脱ぎ、スリップを脱ぎ、ブラジャーを外してガーゼの肌じゅばんに手を通したとき、ふっと右手がピンポン玉に、いや、ピンポン玉があったところに触れた。N先生の言葉の通り、ピンポン玉は跡かたもなく消えていた。徐々にだか、急にだかしらないが、私が気づかない内に、ピンポン玉は消えて無くなっていた。

私は宗教を持たない。が、私は私だけの「神」を自分の心の中に持っている。「神サマだけが御存知よ……」という歌があったけれど、私の神は常時私によりそって、私のすべてを静かな眼でじっと瞠《みつ》めている。優しいけれど超オッカナイ神だから、私は気安く願をかけたり甘えたりせずにビクビクと遠慮がちにおつきあいを願っている。私にとっての神は、ひそかな心の支えではあるがお助け爺さんではないから、困ったときに「助けてくれェ！」と叫んだこともない。叫んでみたところで、「悲しいときは悲しめばよい。死ぬときは死ぬがよろしく候」と、禅坊主のような返事がかえってくるだけだ、ということも、私にはわかっている。が、ピンポン玉が消えて無くなったときだけは、おもわず、神を間近に感じて、

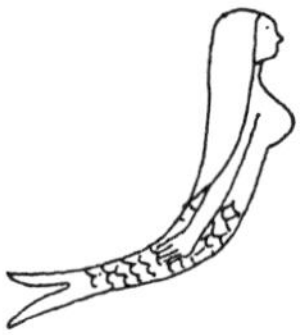

私は「ありがとうございました。私にこんな幸せをくださって」と、叫びたいおもいだった。

人間、現金なもので、三日間のビデオ撮りの間、私は幸せいっぱいでタコ踊りでもしたい心境だったが、おさまらないのはW夫人で、婦長さんに手術と病室のキャンセルを電話したついでに、A医師の誤診をきびしく訴えたらしく、年が明けて早々に「A医師はもうこの病院にはおりません」という報告を、私は受けた。

A先生……。ほんの二、三十分ほどのおつきあい（?）ではあったけれど、彼は彼なりに「寸時も早く患者の乳ガンを退治するのだ」という意欲と使命感にかられての日々であったろう、と私は思う。

患者にとって、誤診は許せないことだが、私がピンポン玉の経験で教えられたことは、医師もまた生身の人間であって、全能の神ではない、ということだった。

ピンポン玉の一件は、いまから二十年も昔の話で、テレビドラマは幸田文先生原作の「台所のおと」だった。

現在、ハルステッド手術はどこの病院でもほとんど行われず、「乳房温存療法」が増えつつある、という。乳ガンと宣告された女性にとって、不幸中の福音ということだろうか。

七十歳を越えた私のブラジャーの中には、古びて見栄えのしないオッパイだけれど、いまもふたつ揃って鎮坐ましましている。やっぱり、愛《う》いヤツである。

おへそ

映画撮影所は、一言でいってヘンなところなのです。

どこが、どうヘンなのか？　と聞かれても、五十余年も映画界で働いてきた私でさえ、即答はおろか、説明も表現もおぼつかない、つまり、ただ「ヘン」としか言いようのないところなのです。別に、スリ、カッパライのたぐいが横行しているのでも、刃傷沙汰が続出しているわけでもありません。

撮影所内をウロついている、映画人といわれる人々、映画製作にたずさわるスタッフたちは、みなさん、ごくフツーの人間ばかりで、他の社会の職場よりはかえって朗らかで和気あいあい、どちらかというと、好ましい雰囲気といってよろしいかもしれません。

ところが、です。午前九時カッキリ、撮影開始のサイレンが所内に鳴り響くと、それまで広場の芝生や食堂にたむろして、冗談をとばしながらじゃれ合っていた御連中が、三々五々、各自の職場である「撮影現場」に向かって散ってゆきます。ヘン調になるのはこれからです。撮影現場に一歩足を踏み入れたとたんに、アーラ不思議、誰もかれも、コロリと人間が変ってしまうのです。文字通り、「君子豹変す」とでもいうのでしょうか、一見コンニャクめいていた人が一瞬にしてコチコチのレンガに変化してしまう。ズバリ言ってしまえば一種のヒステリー状態になる、といったら少しはおわかりいただけるかもしれません。

ついさっきまでエビス顔でふざけていた録音技師は、いったんミキサーブースに入り、耳にイヤホーンをつけたが最後、両眼は吊り上がり、口はへの字、ただ一個の「耳」に変身してしまう。録音助手は、片端にマイクロフォンをぶら下げた長い竹竿を手に、マイクの吊り場を探し求めてウロウロとステージ内を彷徨し、照明部の荒武者諸君は巨大なライトをヒョイとかついでマシラのごとく二重《にじゅう》（ライトを据えるために組まれた足場）へのハシゴを駆けのぼる。演出助手のアニサンがたは、セットの雑巾がけから拭き掃除、調度品の位置替えから俳優のスタンドインまで八面六臂《はちめんろっぴ》の大活躍。

わが家の夫・ドッコイ松山善三が、木下恵介監督の助監督をしていたころには、あまりにチョコマカと駆けずりまわったので脛《すね》の毛がズボンですり切れ、バナナのような脚だったそうです。

撮影現場には、監督に四人の助監督がつき、カメラマンには助手三名。録音技師にも助手三名。照明技師には手下十余名。

金づち片手にセットの天井や壁を外したりする造作係りは二、三名の大道具サン。

食器や飾りものなどの小物を揃え、「消えもの」と呼ばれる、芝居中に使用される飲みものや食べものの用意から、どういうわけか、犬、猫、ネズミなどの動物から魚類まで扱うのが小道具サン。その他、俳優係り、製作部員、美術部、床山、結髪サン。撮影記録係りのスクリプターに衣裳部サンやステージ係り。演出家の一声に、どこからともなくゾロゾロと現れる「特機《とくき》」(移動車、クレーンなど)と呼ばれるオッサンたち……ステージ内には常時、出演者を除いても、五、六十人もの撮影裏方スタッフがワサワサガヤガヤとひしめいている寸法になります。

もともと、映画づくりなどというヤクザな職業を選ぶ人たちは、多かれ少なかれ、キ人、ヘン人風の性格で、よくいえば個性のかたまり、悪くいえば頑固一徹のガリガリ亡者です。

そうしたヘンな人間ばかりが集まって、一本の映画製作にしのぎを削ろうというのですから、もう、シッチャカメッチャカの大さわぎ、個性と個性が衝突して火花が散り、活気というより、ヒステリックな突風がステージのあちこちを走りぬけます。

喧喧囂囂《けんけんごうごう》、阿鼻叫喚、落花狼藉の中に魑魅魍魎《ちみもうりょう》が跋扈《ばっこ》する、……大半の撮影現場とは、まず、そうしたものだと、私はおもいます。

撮影現場は十中八九、やかましく、ややこしいところと相場が決まっていますが、それでも例外がないでもありません。

私が知る限りでは、御存知、小津安二郎監督と、成瀬巳喜男監督の撮影現場がその例外でした。ステージ内は、およそ喧騒などとはほど遠く、深山幽谷にでも入りこんだような静けさの中で、お品よく、ひっそりと、深く、静かに撮影の作業が進行してゆきます。

誰かがクシャミのひとつでもすれば スタッフ全員が飛びあがるほどの静寂さ、というのも、なんとなく不気味なもので、なんと申したらいいのでしょうか、風邪ひきの高熱が体内にモヤモヤとこもったままで吹っきれない、そんな宙ぶらりんの状態のままで今日も明日も明後日も撮影が続行されてゆく。……私は十七本の成瀬作品に出演しましたけれど、空気も時間も停まってしまい、ただ張りつめた緊張感だけがムッとただよっているステージの中で、少しでも早く撮影の終了日が来るように、と、ひたすら願ったものでした。

しかし、考えてみると、映画監督という職業もまた、ハンパでは出来ない商売だとおもいます。

ディレクターズチェアにどっかりと、またはチンマリと腰をおろし、ポーカーフェイスよろしく、実は脳ミソから四方八方へとアンテナを張りめぐらし、

「わいらが現場におるかぎり、四の五のは言わせんでェ、甘くみたらいかんぜ

よ！」

といったボルテージの高い、デコボコヒステリー部隊を、叱咤激励、有無をいわせず統一、引率してゆくだけでも、生半可な人間にはできる芸当ではありません。

抜きん出た才能と鋭い感性、勇気、自信、決断力と責任感。それより、なにより、大勢のスタッフを魅了、眩惑する「豊かな人間性」がなくては優れた監督とはいえません。おっと、忘れていました。適当なユーモアと、程よい辛辣さもまた、監督には不可欠な条件です。

辛辣さにおいては、木下恵介、黒澤明の御両人に、まず、対抗できる映画監督はいないでしょう。

一般には、というより、ジャーナリストの間では、黒澤監督は知性派、木下恵介監督は感覚派、ということになっています。

でも、果して、そうでしょうか？　雨といったら土砂降り、風といったら台風並み、斬られて出る血は消防のホースさながら、といった、大感覚的な黒澤監督。

それに反して、戦争のドンパチシーン、斬られて突かれて血がタラタラなどの激しい見せ場をわざと避け、

「いやァねえ、こわいシーンなんてェ」

などと呟《つぶや》きながら、ものすごい戦争反対映画（例えば、「二十四の瞳」）を作って、シラーッとしている木下監督。

どっちがどっちということはよくわかりませんが、私はときどき、首をひねってしまうのです。が、この御両人は、さきに書いたところの、優れた監督としての条件を、たっぷりと、いえ、完璧に持っている、ということでは全く共通しています。

ときおり発揮される辛辣さもまた、とうてい並みのものではありません。

松竹映画、木下恵介作品、「女の園」（昭和二十九年）に出演したときのことでした。

私の役は、姫路の旧家の一人娘で、きびしい家に育ち、東京で学ぶ恋人との文通さえままならず、その上きびしい校則との板ばさみでノイローゼになり、最後は自殺してしまう、女子大生という設定でした。ある日、寸暇をさいて東京から会いに来た恋人と、姫路、白鷺城の一角で、つかの間の、切なく悲しい逢いびきをするロケーション撮影がありました。ロケさきの撮影現場には、必ず大勢の見物人や弥次馬が集まります。見物人にとっては、モノ珍しく、面白い見ものかもしれませんが、仕事中の撮影スタッフにとって、そこらをウロチョロ歩きまわるおしろうとさんほど、手のやける、厄介な存在はありません。

白鷺城内には、点々と大木があり、助監督が声をからし、駆けずりまわって人よけをしても、見物人たちはヒョイと木陰にかくれてしまったり、木と木の間から顔をのぞかせたりで、カメラのフレームに入ってしまうのです。

ようやく人影も失せ、移動車が引かれ、長いカットなので何度かのテストがくりかえされて、

「本番、いきまーす。お静かに！」

と、助監督が声高く叫び、スタッフの間にピリッと緊張が走った、そのとき、またもや三、四人の見物人が現れました。制服姿の女学生のようです。助監督たちが口々に、

「そこ、どいてくださーい」

と叫んでも、全く動かない。と、とつぜん、木下監督が助監督のメガホンをひったくって、口に当てました。

「そこの人、どいてくださーい。どきなさい！　おーい、そこの女たち！　コラ、女ッ、**オニガワラ**！　あっちへ行けッ！」

オニガワラたちはしぶしぶ立ち去りましたが、完全にズッコケたスタッフたちは、呆然と木下監督を瞠《みつ》めたままでした。

次は、社外では黒澤天皇、所内では「クロさん」こと、黒澤明監督です。

作品名は「用心棒」（昭和三十六年）。場所は、撮影所内に作られたオープンセットでした。からっ風にほこりの舞いあがる宿場町で、用心棒に扮した三船敏郎さんと、首にタータンチェックのマフラーを巻いたニヒルな卯之助、仲代達矢さんの、死闘のシーンです。

設定は、どんよりと曇った、風の強い夕方です。

最高の見せ場なので、オープンセットには朝早くから何台ものライトが設置され、照明サンたちが走りまわって綿密な「灯《ひ》入れ」（ライティングのこと）が行われます。カメラが据えられ、マイクが吊られ、俳優サンが定位置につき、テストがくりかえされます。と、カメラのファインダーをのぞいていた黒澤監督が、とつぜん歩きだし、ツカツカッと二十キロライトに近づいて、両手でグイ！　とライトの首をひねって角度を変えました。

ビックリしたのは照明技師の、「長さん」こと、石井長四郎サンです。長さんは、その技術も超一流ですが、ヘン人度も超のつくAクラスで、いったんヘソが曲がったら、ヘソは際限なく移動して、背中のほうにいってしまうという人ですから、ライティングに手出しなどされて黙っている筈がありません。いえ、長さんは黙ったまま、クルリと踵《きびす》をかえして歩きだし、撮影所の門を出てサッサと自宅へ帰ってしまったそうです。

クロさんは、「文句あっか！」といった顔で天の一角を睨んだままですが、照明技師がいなければ、撮影続行は不可能です。当然のことながら大さわぎとなり、製作主任その他が長さんをお迎えに、撮影所の門を走り出ました。

何時間かの後、長さんはようやく現場に姿をみせ、クロさんはぶすっとした長さんを一喝しました。

「キチガイ！」

長さんが、間髪を入れずに怒鳴りました。

「キチガイはお前だ！」

会話はその二言のみで、撮影はつつがなく続行されたそうです。この話は、用心棒づきの結髪さんに聞いた話ですが、いかにもクロさんらしいエピソードです。……たまたま、照明技師の話になりましたが、照明部ほど間尺《ましやく》に合わない、そのくせ重要なパートはない、と、私は思っています。映画館のプログラムやチラシ、映画の紹介雑誌などのスタッフ欄には、製作者、脚本家、演出家、カメラマン、美術、音楽などの名前はあっても、録音技師、照明技師の名前が大きく紹介されることは、めったにありません。

照明部は、いつもライトを当てるだけで、自分にはライトが当らない影武者的存在、どこまでも縁の下の力持ちなのです。が、撮影所の中では、優秀な照明技師は引く手あまた、ひっぱりダコの争奪戦になるのはなぜでしょうか？　まず、カメラマンが、よきライトマンを獲得するべく必死になります。

カメラマンの技術がどんなに優れていても、照明がめりはりのないペッタンコでは、絶対にいい画面ができないからです。監督とカメラマンは夫婦のようなもの、と言われますが、カメラマンとライトマンこそ、より親密でイキが合わなければなりません。

昭和二十年代、映画産業が全盛のころ、東宝撮影所には何十人という照明技師がいました。その中でも、長さんの技術の評価はズバぬけていたようです。

長さんの他に、これも評判のいい照明技師が一人いて、この人は長谷川一夫さんが東宝入りをするときの、一つの条件として連れてきた、「藤やん」こと、藤林甲サンという照明技師でした。長谷川一夫さんは、ハッキリ言って顔の間取はいいのですが、色は黒く、肌は出来の悪い夏ミカンのように粗く、スクリーンで見る、水もしたたるような美男子とはほど遠い人でした。その夏ミカンをこよなく美しく、世の女性のあこがれのスターに仕立てたのが藤林甲サンでした。黒澤なくては三船敏郎さんがなかったように、藤やんなくては長谷川さんの人気は、あれほどには上らなかったのではないでしょうか？　それほどの腕の持ち主でした。

藤やんのライティングは、あくまで美しく、かつ繊細、長さんのライティングは、あくまでシャープで意欲的。両人の性格もまた、藤やんは温和そのもの、長さんは常に戦闘的、と、全くの正反対、人それぞれの好みで、どちらがどうとは言えませんが、二人は技術上では文字通りのライバル、互いに、しのぎを削る間柄だった、とおもいます。

昭和二十七、八年ごろから、テレビ、その他のレジャー産業の出現で、映画界はしだいに不調になり、作品本数も急激に少なくなりました。

藤やんは、「日本映画照明協会」の設立のために現場をはなれ、テレビや舞台には目もくれぬ長さんは映画ひとすじ、気息えんえんの撮影所に残って頑張りました。

それから、五年、十年、十五年が経ち、日本の映画界は、エロ、グロ、ポルノの坂を転げ落ちて、もはや再起もあやうい状態になったとき、東宝は久し振りに高度で良心的な前後篇の大作を製作しました。社運を賭けての超大作でした。

映画館で、前篇を見た藤やんは、その足で東宝の製作部にスッ飛びました。

「前篇の照明は感心しません。後篇の照明が出来るのは石井長四郎さんの他にはおりません。後篇は、石井長四郎にしなさい」

日本映画照明協会長の鶴の一声でした。後篇の照明は長さんに決定して、映画は立派に完成しました。

私がその話を聞いて感動したのは、単に、昔のライバルを推した、という男のすがすがしさばかりではありません。藤やんが東宝に駆けつけて長さんを推薦したという一件を、当の長さんが全く知らなかった、という、そのことに私は心をうたれたのでした。そして、もう一つ、藤やんもまた、自分を照明協会長に強く推したのが、他ならぬ石井の長さんだったということを、亡くなるまで知らなかった、ということです。

撮影所は、ほんとうにヘンなところです。

でも、ホントは、ヘンにいいところもあるのです。撮影所の魑魅魍魎たちには、ちゃんとおへそがあるのです。

ひとこと多い

老夫婦二人きりの、わが家の夕食は小鍋仕立ての鍋料理が多い。

今夕のメニューは、生うに、柿なます、叩きオクラの小鉢に長ねぎたっぷりの鴨鍋である。鍋ものには目のない夫・ドッコイは、フツフツと音を立てる小鍋をみると、いつものビールをやめて、イソイソと貴和皓山作の愛用の徳利を持ちだし、好みの盃を物色して日本酒となる。

鍋料理とくれば、例によってダラダラノロノロと二時間を越す長丁場だ。食事中はテレビやラジオのスイッチを入れないのがわが家の習慣だから、もっぱら会話が中心である。何十年もの間、夫婦でいると、二人の会話は「フロ、メシ、ネル」の三言で充分、食卓の会話など無きにひとしい、とよく聞くけれど、私たちお喋り夫婦の話題はあっちへ走り、こっちへ飛び、と際限なく、とつぜん老妻の口から「佐渡おけさ」などが飛びだして、果ては老人ホームの乱痴気さわぎといった光景になる。

結婚以来四十余年、よくも喋り続けてきたものだと思うけれど、仲良し夫婦というよりは、マンネリ防止のヤケクソ作戦といったほうが当っているかもしれない。

この何ヶ月間か、夫の書斎にはどういうわけか「猿」に関する文献が堆《うずたか》く積みあげられていて、彼はせっせと猿のお勉強に余念のない様子だったが、ようやく一段落したらしく、今夕の話題にはお猿さんが登場した。猿の研究では、日本の学者が世界に抜きんでて優秀だという。猿学者先生がたに依ると、人間に最も近いといわれるチンパンジーは、生理的、肉体的、解剖学的にみると、人間とほとんど同じで、その違いはわずか三パーセントにすぎないとか……。

私は、動物園かサーカスなどで猿をみかけるくらいで、猿とはつきあいもなく関心も薄いけれど、それでも、猿と人間の違いが三パーセントという学説にはうなずけない。猿と人間とは、見れば見るほど姿かたちは似ているけれど、その違いは五十パーセント、いや、百パーセントだと、私はおもう。その大半の違いは言語だ。猿にも猿語があるだろうが、人間の共有する言語は無限大、それだけで、猿と人間は大いに異なる。とくに近頃は、言葉の氾濫、洪水でひたすら騒々しい。喧嘩、口論、舌禍事件、売り言葉に買い言葉、言った、言わない、の果ての刃傷沙汰……どれもこれも人間の口から出た言葉が原因で、寅さんではないけれど、「それを言っちゃあ、お終いヨ」という歯止めがないから言葉はますますエスカレートして、ああ言えばこう言う、こう言えばああ言う、で、つまり、ひとこと多いのだ。

昔から、饒舌をいましめる格言、金言はたくさんある。

「舌はわざわいのもと」

「言わぬが花」

「目は開けておけ、口は閉じておけ」

「ものも言いようで角《かど》が立つ」

「言いたいことは明日言え」

「知る者は言わず、言う者は知らず」

「沈黙は金なり」

「寸鉄、人を殺す」

そして、「ひとこと多い」。

右のほとんどはいまや「死語」に近く、この中の一語でも自身への教訓として日々拳々服膺《けんけんふくよう》している人が、いるのか、いないのかしらないけれど、「ひとこと多い」という名句はいましめの意味ではなく、「ひとことでも多く」と大逆転して現在活躍中である。

「ひとこと多い」といえば、この私にも、忘れられないひとことの言葉がある。忘れられない、というよりも、ちょっと大げさにいえば、そのひとことで私の人生がヒン曲がってしまったのだから、忘れようにも忘れられないひとことだった。

私は大正十三年に、北海道は函館で生まれた。男子ばかり四人の中に、私だけがポツンと女の子だった。私が四歳になったとき、長く結核を患っていた母親が死亡。父親は五人の子供たちを親類縁者に養子としてバラまき、私は父の妹、つまり叔母にあたる「志げ」の養女となって、志げの住む東京は鶯谷の家に連れて

いかれた。結核だった実母から母乳をもらえなかった私は、缶詰の甘いメリーミルク（現在もある）と卵だけで育った。函館から上野までの夜行列車の中でも、唇にゴムの乳首をくわえ、メリーミルクの缶をしっかりと抱えこんでいたことをおぼえている。

鶯谷の家は小さな二階家で、養母は人形の着物を縫う内職をし、ときどきふらりと男の人がやって来た（この人がつまり養父である）。とつぜん四歳の娘を得た養母は、私を溺愛した。

食事時間になると、小さな茶碗にアツアツの御飯を盛り、卵の黄味をポンとのせて、醤油をひとたらしたらす。それが私の食事だった。明けても暮れても、ハンコで押したように卵ごはんは続いた。

卵には、函館のカアサン（実母）の思い出があった。函館にいたとき、私はばあやに手をひかれて、ときどき、入院していたカアサンに会いにいった。カアサンはベッドの中から私に笑いかけ、窓ぎわの籠に積んである生卵を一個くれる。

ばあやが生卵のアタマとお尻に木綿針で穴をあけてくれて、私はちゅうちゅうと音を立てて中味を吸い出すのが楽しみだった。

「カアサン！」と、カアサンのそばに駆け寄ろうとすると、カアサンはダメダメというように首を振り、ばあやの手がのびて私をぐい！　と引き戻した。結核は伝染病だから、私がベッドに近づくのをおそれたのだろうが、私はただ悲しくてべそをかき、ばあやはヒョイと私を抱きあげて病室を出た……。

生卵のかかった御飯をペチャペチャと喰べている私を見ていた養母が言う。

「秀チャンのカアサンは、この私だよ。私があんたのホントのカアサンなんだよ、わかってるネ？」

私はただ黙ってうなずく。うなずかない内はいつまでも「あんたのカアサンはこの私……」という言葉が続くからである。

養母は日に何度も「あんたのカアサンはこの私なんだよ」をくりかえした。そして、この私と言うとき、自分の低い鼻の頭を人さし指でグイと押すのだった。

そのたびに私はおもった。

「この人はなにを言ってるのだろう。私のカアサンでもないくせに……」

養母のひとこと多い言葉は、四歳の私の心に、「人間不信」という苗を一本、また一本と植え続け、その苗は私の成長と共に伸びて枝葉をひろげていった。

東京の生活が一年ほど過ぎ、卵ごはんもようやく卒業し、私の北海道なまりもとれたころ、またふらりとやってきた養父は、どうした気まぐれからか私をおんぶして、当時は蒲田にあった松竹映画の撮影所を見学に出かけた。

撮影所ではその日、たまたま、鶴見祐輔原作の「母」という映画の主役になる五歳の女の子のオーディションが行われていて、池のほとりに、お父さんやお母さんにつきそわれた五歳の女の子たちが五、六十人も集まっていた。

どの子も髪にはリボン、振袖姿、と、目一杯に飾りたてられていて、美しい花園でもみるようだった。いま思えば、映画監督やプロデューサー、カメラマンなどだったろうか、五、六人のおじさんたちが、ズラリと並んだ女の子ひとりひとりに話しかけながら行ったり来たりし、女の子たちは、べそをかく子、はにかんで固くなる子、行列から逃げだす子……。

とつぜん、私の養父は背中から私をおろすと、ものも言わずに行列の最後にポン！ と私を立たせた。キョトンとして突っ立っている私の前に、おじさんたちが立ち止まった。そして……こういうことを運命とでもいうのだろうか、映画「母」の主役は、なんと私に決定したのだった。五、六十人もいる子供の中で、最低にショボたれた洋服を着て、最低にショボくれた御面相の私が、だった。いまおもえばそのショボくれた私の顔が、当時流行《はやり》の母もの映画、お涙頂戴映画にピッタリだったのかもしれない。

映画「母」は空前の大ヒットとなり、早速に養母のもとに次回作の脚本が届いて、私は子役として正式に松竹映画に入社した。月給は、当時の大学卒の初任給とほぼ同じだったというから子役にしては破格の金額だったらしい。狂喜した養母は、秀子という私の名前の上に「高峰」という芸名を乗せた。養母はもともと芸能界にあこがれていて、若いころには「高峰」という芸名で下座（寄席や劇場などの御簾《みす》の中で舞台の伴奏をつける）の三味線を弾いていたらしい。その「高峰」を、娘の私につけることで、自分の果せなかったスターへの夢を追いたかったのかも知れない。こうして、五歳の「高峰秀子」が誕生したわけである。

当の私は、といえば、なにがなにやらチンプンカンプン、とにかく身辺にわかに忙しくなり、朝は五時起きで、小さなおにぎりを口に押しこまれ、養母に手をひかれて蒲田撮影所へ行き、日がな一日、あっちを向け、の、こっちへ来い、の、泣け、の、笑え、のと、やりたくもないおしばいとやらをさせられるハメになったのだから、いうなればアクシデント、とんだ災難にあったようなもので、正直いって迷惑であった。

撮影所には子役部屋という広い日本間があり、常時、男女五十人ほどの子役たちが、よりどりみどり（?）で待機していたが、ベビースターとして人気の出はじめた私一人だけがひっぱりダコで、男の子の役まで演《や》らされ、一日のうちにスカートをはかされたり半ズボンをはかされたりでウロウロしているうちに、早くも一年が経って、私は小学校一年生になった。が、ピカピカのランドセルを買ってはもらったものの、学校へ通うヒマはなく、友だちもできなかった。

夕方、撮影所から家に帰る途中に小さな駄菓子屋があって、店さきにはいつも五、六人の子供たちがたむろしていた。子供は子供の寸法でものを見る。私は自分と同じ年頃のその子供たちと遊びたくて、店の前を通るときは思わず足が停まった。そんな私をみた養母は、なにを勘ちがいしたのか、子供たちを蹴散らすようにしてズイと店内に入ると、アメ玉やチビチビとした玩具を手あたりしだいに買いこみ、店の看板になっているキンカ糖のバカでかい招き猫まで買って駄菓子屋のおばさんを煙にまいた。家に帰って、畳の上に、アメ玉や金平糖、玩具や招き猫を並べてみても心はいっこうに弾まない。私が欲しかったのは一緒に遊んでくれる友達であって、モノではなかったからである。

養母は人形衣裳の内職をやめ、ついでに（？）養父に三下り半をつきつけて離別（もともと正式な夫婦ではなかったらしい）。毎日、私につきそって撮影所通いをすることで嬉々としていたが、私が風邪をひいたり熱を出したりしても、一度として「オシバイは辛いか？」とか「子役をやめたいか？」ときいてくれたことはなかった。

養母は、私が喜んで子役をやっているのだと、テンから信じていたのかもしれないし、もし私が「子役はキライ、やめたい」とでも言ったら、養母自身の夢がプツンと切れてしまうことを警戒したのかもしれない。私もまた「辛い」「イヤだ」などと養母にダダをこねたり、甘えたりしたことがなかった。ダダをこねてみたところで母が困るだけだ、ということはわかっていたし、子供心にも自分がこの家の働き手だということをウッスラと感じてもいた。

大人には「大人」という名称があり、子供には「子供」という名称がある。

私は昔から、子供は大人の小型だとおもっている。子供の言語は大人にくらべて少ない。子供は大人のようにヘ理屈をこねたり、ややこしい表現はできないけれど、身体全体が一個の感受性のようなもので、鋭敏であり、残酷に近く怜悧でもある。子供には、鋭い感受性はあるけれど、大人の鈍感さはない。

鶯谷の家で、四歳だった私は、養母からしつこく「私がお前のホントのカアサンだよ」と言われるたびにコクンとうなずいたけれど、もし、あのとき、自分の気持ちを言葉で表現できたとしたらどうだったのか？

「お言葉ですが、私は、母が死んだときのことをよく覚えています。母は、座敷の真ん中に置かれた座棺の中にいました。首のまわりに白絹がつめられていたので、私には母が首だけになったようにみえて、悲しみよりさきにおそろしくて悲鳴をあげました。その私を、あなたはすくいあげるようにして早々に上野行きの汽車に乗ったのでしたね。……でも、いまはこうして、二人は母娘として一緒に暮しているのだからそれでいいではありませんか。実母だとか、養母だとかにこだわらずに、ま、仲良くやりましょう。どうぞ、ヨロシク」

てなことを言ったかもしれない。

養母の「ひとこと多い」は、もちろん故意や悪意から出た言葉ではない。子供を持った経験のない養母は、幼い私が実母の死を覚えてはいないだろう、という独り合点とせっかちからの「私がホントのカアサンだよ」だったのかもしれない。が、私は実母の死を忘れてはいなかった。幼女の私に返答ができなかったその分だけ、「人間不信」という鋭い釘になって、私の心に突き刺さったのだ。

「天才子役、秀子チャンのお母さん」という地位を、歩、一歩と踏み固めていた養母を、またまた舞いあがらせたのは、当時モダンな映画作りで台頭しつつあった「東宝映画」から誘いの手がのびたときである。小学校には通算三ヶ月ほどしかゆけず、劣等感のかたまりだった私は、どうしても女学校に入学したかった。私は十三歳だった。

「結構結構。東宝は責任をもって女学校へ入学させることを約束します」

と、東宝は私の出した条件を了承し、養母は、東宝の撮影所に近い世田谷の成城に家を一軒用意するという東宝の条件に飛びあがって喜んだ。

東宝が用意してくれた成城の家は、百坪ほどの敷地に建った六畳三間と十畳のゆったりとした平屋で、それまで母娘が住んでいた、ゴミゴミとした大森の六畳一間のアパートにくらべれば、まさに天国と地獄、吸いこむ空気までが清々として美味しく感じられた。

緑の生け垣のおとなりには全く同じ家がもう一軒あって、当時、東宝の大スターだった千葉早智子さんと結婚していた成瀬巳喜男監督が住んでいた。

東宝入り第一回の出演作は、吉屋信子原作、山本嘉次郎演出の「良人の貞操」。入江たか子、高田稔、千葉早智子共演の大作で、私は千葉さんの妹役だった（私はこの役のために東宝に迎えられた、という）。

家から東宝撮影所へは歩いて十五分。引越しも早々に、私の撮影所通いがはじまった。ヒマラヤ杉に囲まれた撮影所は、どこか暗ぼったく陰湿だった松竹とはちがって、白亜のステージが建ち並び、所内センターにある噴水のまわりが広い芝生になっていて、すべてが明るく、モダンでしゃれていた。子役部屋がないので所内に子供の姿はなく、誰もが、たった一人のチビスケである十三歳の私をペットのように可愛がってくれて、早速に「デコ人形」のデコ、ヒデコのヒをとった「デコ」という愛称で呼ばれるようになった。名づけ親は「良人の貞操」「綴方教室」「馬」などの演出家、山本嘉次郎監督だった。所内を歩けばあちこちから「デコちゃん」と声がかかり、食堂の前を通れば「デコ、入っておいでよ」と誰かが手招きしてくれて、ケーキやココアを御馳走になった。「良人の貞操」の撮影中に、早くも私の手もとには次回作の脚本が届いてきた。そして東宝は約束通り、女学校への入学手続きをしてくれた。当時、超モダンといわれていた、お茶の水の「文化学院」であった。……が、やはり撮影が忙しくて、一ヶ月に数えるほどしか学校へいけない。たまにいったとしても授業は一週も二週もさきにすんでしまっていて、私は一人ポツンと坐っているしかなかった。私より無学で、「平山志げ」という自分の名前を書くのがせい一杯だった養母は、なぜか私が勉強するのを嫌った。読書だけが唯一の楽しみだった私が寝床に本を持ちこんだりすると、つかつかと寝室に入ってきて、枕もとの電気スタンドのスイッチをパチン！　と切った。私に送られてくる本や雑誌のたぐいはサッサと束ねて処分をし、新聞もとらなかった。けれど、私は平チャラだった。

私は小さいころからヘンにしらけた子供だったけれど、このころからだんだんに養母との会話を避けるようになっていた。私が一言でも自分の意見を言えば、「なまいき言うな！」とヒステリックにつっかかり、相も変らず「親に向かってなにを言う」「私しゃ、あんたの母親なんだからね」と母親風をふかせる養母に、さからってみたところで無駄だった。私はいつしか、「母娘として一緒に暮してはいても、この人と同じ道を歩いてはいけない」とおもうようになっていた。いま、当時の母の気持ちを考えてみれば、異常にカンの働く母は、喜怒哀楽を全く出さず、自分の中に閉じこもっている私に、得体のしれない不安を感じていっそうイラついていたのかもしれない。私は母の嫌がる事柄にはいっさいさわらなかった。家で本が読めないなら、家以外の場所で読めばいい。私は撮影の合間をみては、撮影所の宣伝部に入り浸るようになった。宣伝部には、新聞、雑誌、新刊本、文庫本、となんでもあって、活字の宝庫、私にとっては宝の山だった。撮影所は私の職場だったが、そういう意味では唯一、かけがえのない逃避場所でもあった。どんなときでも、私を大きく受け入れてくれた、あの撮影所がなかったら、私はどうなっていたか？　とおもうと心底、ゾッとする。

文化学院に入学して小一年も経ったある日、担任の川崎なつ先生から呼び出しの電話を受けて、養母と私は学校へ急いだ。

「文化学院がいくら自由な学校でも、一ヶ月に二、三度しか通学のできない生徒を二年に進級させることは出来ません。学校をやめるか、映画の仕事をやめるか、よく考えて、どちらかにしてください。先生は困っています」

先生も困るかもしれないが、私も困った。私が映画の仕事をやめれば、その日から私たち母娘はもちろん、早くも私の出演料を目当てににじり寄ってきている三、四人の親族までが路頭に迷うことになる。よく考える余地もへったくれもありはしない。

「ハイ。学校をやめます」

私はそう返事をして教室を出た。授業中なのだろう、人っ子ひとりいないガランとした校庭は、ヘンにしらじらとしてまぶしかった。

成城の家に帰る電車の中で、母は呑気に窓外を眺めていたが、文化学院をクビになった私はさすがにメゲていた。が、一方では私の中でなにかがパチン！とふっ切れたような気もしないではなかった。私は子供のころから甘えるのがキライだったし、甘えたことがない、と自分ではおもっていた。が、実はとんでもない甘ったれだったのだ、ということにハタと気づいて愕然としたのだった。一年前、東宝映画と契約をしたとき、東宝側はたしかに私を「女学校に入学させます」とは言った。が、女学校に通学させる、とは言わなかった。

考えてみれば至極当然、映画産業は慈善事業ではない。せっかく大金を積んで他社からひったくってきた俳優をノンビリと女学校に通わせていては商売が成り立たないだろう。私は映画会社という商店の一個の商品なのであって、人間ではない。ということを、そのとき、肝にめいじておもい知ったのだった。

子供は、毎日少しずつ成長するわけではなく、何ヶ月かに一度、何年かに一度と、とつぜんに飛躍し、脱皮して大人になっていくようである。自分に果して商品としての価値があるのかないのか、まだ十四歳にもならない私にはわからなかったけれど、商品なら商品らしく、通学をするよりさきに商品としての勉強をしなければならない。と、私は、学校への未練をキッパリと断ち切った。

私が文化学院をクビになったことは、入社以来お世話になっているプロデューサー、その他、二、三人にしか話さなかったが、噂はあっという間に撮影所中に知れ渡った。

「学校へは行けず、無学な母親との二人暮しではデコが哀れだ。自分が親代りとなって面倒を見、人並みな教育を与えてから母親に返してやりたい」

と、親代りの申し出をしてくれた人々は全部で六人、その中には山本嘉次郎監督や東宝映画の社長、女優の千葉早智子さんもいた。六人は協議の末に、「誰が引き取るにしても、まずデコの母親を説得しなければ」ということになって、俳優課長がその使者に選ばれて成城の家を訪ねてきた。

俳優課長の話が進むにつれて、私の胸は震えだした。課長の話は私にとっても初耳だったから、私自身もびっくりはしたが、とつぜんにこんな話を持ちこまれた養母が、いったいどんな反応をするだろうと、そのほうが恐ろしかった。

「ヤバイ！」

案の定、みるみるうちに母の顔色がかわり、両の目が吊りあがって全身がガクガクと揺れだした。ヒステリーの発作だった。

「私というレッキとした母親がいるのに親代りとはなんのことだ、よけいなおせっかいだ、大きなお世話だ！」

母は、悲鳴とも怒声ともつかぬ支離滅裂な言葉を吐き続け、自分で自分の言葉に興奮して半狂乱になり、果ては私と課長に「お前たちははじめからグルなんだろう！」と、つかみかからんばかりに猛り狂った。……母という活火山の大噴火で、私の一時預かり話はオジャンになって消え去った。

そもそも、私にはじめての養子縁組の話が持ちこまれたのは私が子役だった六歳のときで、当時、松竹の演出家だった五所平之助夫妻からだった。そして次は私が十歳のときで、当時、流行歌手として人気ナンバーワンだった東海林太郎夫妻からの申しこみだった。養母はそれらの話を鼻のさきで聞き流して問題にもしなかったが、今回の相手は六人という多勢である。養母にとって、「娘を可愛がってくれる親切な人たち」だった六人は、以来、「いつ娘をカッさらっていくかわからない油断のならぬ奴ら」となり、母は私の周りに寄ってくる人々に鋭い警戒の眼を光らせるようになった。……私は、私に救いの手をさしのべてくれた人々の好意が心底嬉しく、ありがたかった。いますぐにでも、その胸の中に飛びこんでいきたい、と思った。が、もし私が家を出れば、養母はなにを仕出かすかわからぬ狂気の人である……。私は以前のようにポーカーフェイスに戻って撮影所に通い、母は連日イライラと不機嫌だった。やがて、母の誘拐魔への不安は、私に「つき人」、つまり監視人をつけるという形になって現れた。

養母のスパイとして雇われた筈のハツは、十三歳の私に献身的につかえ、寄りそい、むしろ母から私を庇《かば》うまでになっていった。思惑がはずれた母は、今度は自分づきの女中を雇い入れ、ついでに女中部屋つきの五間の家に引越した。母の金遣いは荒い。私同様に掛け算割り算もロクにできない母は、常時、無造作にドンブリ勘定で家計をまかない、金がなくなれば撮影所へ走って、出演料の前借りをしている様子だった。

誘拐魔への心配がなくなった母に、もう、こわいものはなかった。母は完全に私のマネージャーとして納まり、その他の時間は、広くなった家に撮影所のだれかれを呼び集めては、花札と麻雀に明け暮れるようになった。家を引越そうと、母が徹夜麻雀をしようと、朝がくればハツと二人で撮影所へ出勤する私にはどうでもよかった。ギクシャクと息のつまりそうな家を出て撮影所へ行きさえすれば、以前にも増して私を可愛がってくれる人が大勢いた。仕事そのものは、もともと演技の苦手な私にとって楽しいばかりとはいえないが、撮影所中のどこへもぐりこんでも、誰もが温かい笑顔で見迎えてくれるのが嬉しかったし、私の身辺をこまごまと気遣ってくれるハツの存在もまたありがたかった。撮影所の人たちの、太陽のような愛情をサンサンと浴びながら、私は十五歳になり、十六歳に、十七歳になっていった。

敗戦後の四、五年というもの、私は人気スターという金ピカのおみこしにかつぎあげられて、日夜ワッショイワッショイの連続だった。運転手つきのアメリカ

車に乗り、家は新築のパリパリで、女中は数人。いつの間にかファンクラブが結成され、銀座にオフィスが開かれて、「DEKO」という機関誌が発行された。私は相変らず、映画、ラジオ、ステージと仕事に追いたてられながらも、ハデハデにエスカレートしてゆく高峰秀子という虚像をシラーッとした眼で瞠めていた。他人の眼には一見華やかで「いい御身分ネ」というところかもしれないが、私は一時も早くアブクのようなおみこしから飛び降りてどこかへ逃げていきたかった。どこか、といってもどこなのかは自分でもわからないけれど、とにかく、なにかが違う……ということだけはわかっていた。

当時の私は一個の金銭製造機以外のなにものでもなかった。養母は私の収入を湯水のように使った。八畳と十畳、二間続きの自室にデンとおさまり、檜づくりの朝風呂に入って相も変らぬ麻雀三昧。親族のだれかれに札ビラをチラつかせては恩を売り、自分の傘下にかき寄せて、先方が頭を下げれば母の頭はそれだけ上がった。

養母はもう「子役の秀子チャンのお母さん」ではなく、「スター高峰秀子のオンお母様」として、ときどき私の仕事さきに現れては芝居気たっぷりにノシ歩いて、チップをばらまいた。どっちが高峰秀子だかわからなくなった。

「高峰秀子の母親ともあろうものが……」

それが、当時の威勢を誇る母の口ぐせだった。高峰秀子の母ともあろうもの、は、ミンクのショールをはおり、指にダイヤを光らせ、私が洋服を注文すれば自分は着物を、私が靴を買えば、草履を、と、どこまでも私と競いあった。「この世に、金で買えないものはないサ」とうそぶいていた母にとって、ただひとつ自分の意にならぬものは、自分の娘、つまり私だった。

養母の私を見る眼は、母が娘を見る眼ではなく、女対女の強烈な嫉妬の眼だった。母は、少女から女性に成長した私を徹底的に拘束した。どんな人でも、母という関所を通さなければ私に近づくことはできず、字も読めないのに私への私信はすべて母の手で開封された。

私たち母娘を知る親しい人たちの中には「デコちゃんは、なぜ、そこまでがまんをするんだ」と言う人もいた。けれど私は、がまんという段階をとうに越えて、半分イジになっていた。世間には仲の良い母娘がたくさんいる。そんな母娘をみて、羨ましくないこともないけれど、徹底的に仲の悪い母娘もまた捨てたものではない、と考えなおした。反面教師などという生やさしいものではないが、私は養母から、人間の卑しさ、醜さ、狡猾さ、傲慢さ、浅はかさ、など、あらゆる汚いものをたっぷりと見物させてもらっている。もう、こうなったら、毒を喰らわば皿まで、と開きなおる他にテはなかった。

ある日、私は珍しく母の部屋のコタツに入ってお茶をのんでいた。庭の芝生のまんなかに、およそ私の趣味ではないピンクの蔓バラをからませた白いアーチが建っていて、ゲッとなるほど軽薄で子供っぽい。いずれ母が植木屋さんを呼んで作らせたのだろうが、これが母の「人気女優サンの庭」なのだった。

ふらり、と、長兄の実が入って来た。私たち兄妹は、私が四歳のときにそれぞれの養子さきに散らばっていったが、敗戦後には私の養母の愛情、というよりエエカッコシイから、彼らに学資や小遣いをふるまって家に出入りをさせていた。四歳で別れたきりの、顔もおぼえていない兄弟たちが、とつぜんに目の前に現れても、私にとってはただ気味が悪いだけだったけれど、長兄の実だけは男っぽくサッパリとしていて親しみがもてた。

「秀チャン、いいもの持ってきた」

実はコタツに足を入れると、胸のポケットから茶色に変色した古い写真を取りだして、コタツの上に置いた。

「俺たちのおふくろだ。秀チャンにやるから持っていなさい」

手札型のその写真は、小さな丸まげ姿の実母の写真だった。目は一重まぶたで、薄い唇は真一文字に結ばれている……。私は、ほとんど記憶に残っていない実母の顔に、眼を近づけた。そこへ、養母が入ってきた。

実はなんの屈託もなく養母に言った。

「叔母さん、俺たちのおふくろの写真だよ。秀チャンに持ってきたんだ」

母は返事もせずに、ヘンにゆっくりとコタツに入ると、やにわに写真を取りあげて、ピリッと半分に裂き、こなごなに千切って屑籠に放りこんだ。アッという間の出来ごとだった。遠い昔に死んだ人の、養母の嫂《あによめ》にあたる人の写真である。

一瞬唖然とした実の顔が土色になり、彼はなにも言わずに立ちあがって、家から出ていった。私の顔からも血の気がひいたのか、頬のあたりがスーッと冷たかった。そして、頭の中を、生まれてはじめて、養母に対する殺意に似た憎しみが横ぎっていった。

「オシマイだ。母さん、さようなら」

と、私は声にならない言葉を呟いた。

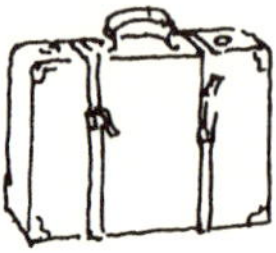

ものの道理や常識にはテンから縁のない養母から離れるには、かなりの勇気と決断が必要である。私はまず手はじめに、フリーランサーになったのを理由に、「仕事の便宜上、住いを移りたい」と、麻布の今井町に小さな家を建てた。二百坪の土地は、私たち母娘の事情をよく知るカメラマンの早田雄二さんが母に内緒でみつけて、手続きをしてくれた土地である。私はつきそいと女中さん一人を連れて今井町の家に入った。が、一年も経たぬうちに、母は成城の家を叩き売って今井町へ乗りこんできた。小さな家は人と物で溢れ、どうにも収拾がつかない。私は急遽、庭の隅に十五坪の離れを建てた。

引越しの日、機嫌の悪い母が私に渡してくれたものは、私の衣類と御飯茶碗と象牙の箸のみ。「あとのものは、お働きになってお買いになったらいいでしょう」というのが挨拶の言葉だった。

「待てば海路の日和かな」というけれど、チャンスは到来した。敗戦後はじめてのベニス映画祭に、唯一の東洋の女優として私に招待状が舞いこんだのである。

ふりそでヒラヒラ、パーティチャラチャラなどは私の最も苦手とするところだから、映画祭に出席する気は毛頭なかったけれど、海外逃亡にはまたとないチャンスである。昭和二十五年ごろの当時、海外旅行は外国人の身元引受人と招待状が必要だったから、私はとにかくその話に飛びついた。身元保証と生活費はパリのフランス映画社の社長がひきうけてくれて、期間は七ヶ月間と決めた。

私は、なんでもいいから、私をとりまく一切のものから逃げだしたかった。アブクのような人気も、ファンクラブもオフィスも、兄弟も、そして養母さえもいらなかった。七ヶ月の間には、そのほとんどが消滅するだろう。ついでに「高峰秀子」という女優の名前も消えてなくなっているかもしれない。が、それならそれでもかまわない。私の財産は「貧乏の経験」である。おしんほどではないけれど、子役のころから稼いでも稼いでも、その金は養母の見栄のために使われて、私たち母娘の生活はいつもピイピイだった。市場の前で十銭玉を握りしめ、今夜のオカズは一個一銭のしょうじんあげにしようか、三個十銭のコロッケにしようか、と、思いあぐんだ日も多かったし、十三歳のときには駅の窓口で身を縮め、子供の作り声を出して子供用の定期券を買ったこともある。

貧乏の経験のある人間は確かにガメつい。が、転んでも只は起きないというたくましさもある。女優がダメなら台所の下働きでも、喫茶店のウエイトレスでも、女ひとり、なんとか生きていけるという自信はあった。私は建てたばかりの十五坪の離れを百三十万円で売りとばし、スーツケース二個を持って羽田からパンアメリカン機に乗った。機内に一歩踏みこんだとき……そこはもう外国であった。私の胸は大きくふくらみ、「あとは野となれ、山となれ」という心境だった。

そして七ヶ月……。私はパリのソルボンヌ大学に近い下宿の一室にじっとしゃがんで、月日の経つのをひたすら待った。どこで住所を調べたものか、母からひらがなの航空便が届いた。文面はただ「かねをおくってください」とあった。私はいたずら心をだして、フラン紙幣を一枚送ってみようかとおもったが、そんなジョークのわかる母ではない。大切な母親を捨てて外国へ行ってしまった親不孝な娘、と、あちこちに触れまわるのがオチだろう。私は、知らぬ顔の半兵衛をきめこむことにした。

帰国したのは十二月も半ばだった。羽田空港に出迎えてくれたのは、花束を抱えた東宝や松竹の重役さんやプロデューサー、そして私の友人たちと大勢のカメラマンやジャーナリスト……もちろん、最前列には目一杯に着飾った養母がいた。

「母さん、ただいま」

と笑いかけた私に、母は大声で叫んだ。

「どうだ、親の有難みがわかったろう！」

「?!」

私は、自分の耳を疑った。どう考えても、母の言葉の意味がわからなかった（いまでもわからない）。華やかな雰囲気に包まれていた空気が一瞬シン！　と凍りついて、母だけがなぜか居丈高な態度であたりを見まわしていた。

羽田から、私たち母娘は今井町の家に帰った。家は料亭風に増築、改造されて、「つばめ」という料理旅館に変貌していた。見知らぬ板前さんやおはこびさんたちに迎えられて、私は客室に案内された。

母はヘンに気取ってしなを作り、「いらっしゃいませ」と、私に頭をさげた。気味の悪いしぐさだった。

翌日から、松竹や東宝からの出演交渉や、友人たちの訪問、インタビューなどで、あっという間に四、五日が過ぎた。ある夜、三、四人の友人たちと夕食をすませたところへ、女中さんが小さな盆を持って入ってきた。盆の上にあったのは、一週間分の請求書だった。宿泊代に加えて、洗濯代、電話代、来客との食事代までが明細に記されていた。

「へえ……今度はこういうテできなすったか……」

と、私は明細書を眺めたが、それを覗きこんだ友人たちはカンカンになって怒りだした。

「ここはデコの家でしょう。自分の家で寝起きして、宿泊代をはらうなんて、いったいどういうことなの？　バカバカしい」

「こんな家、いますぐ出なさいよ。ホテルのほうがマシだ」

「帝国ホテルなら僕、コネがある。おくっていくよ、スーツケース、どこ？」

私は友人たちにせきたてられて、帳場にチップをはずむと、二個のスーツケースと共に帝国ホテルに向かった。忘れもしない、帝国ホテルは一泊二千七百円。自分の家、いや、つばめ旅館は二千八百円で、百円高かった。

母は昭和五十三年に心臓マヒで他界したが、その五、六年前にヘルペス（帯状疱疹）を患い、ヴィールスが脳に上がって言語障害が残り、少々ボケた。私を「オカーサン」、夫を「オトーサン」と呼ぶようになり、入退院をくりかえすうちに完全にボケてしまった母には料理旅館「つばめ」のおかみさんはつとまらない。私は店を閉め、赤坂にアパートを借りて母を移した。ところが今度は、パリに発つ前に私が母の名義にしておいた「つばめ」の土地を狙って、身内や不動産会社の争奪戦がはじまった。どこまで続くぬかるみぞ、である。身内にかつがれた母は、麻布、駒込、浜松と病院を経巡った果てにその身内からも投げ捨てられ、麻布の私たち夫婦の家にころがりこんできたときの母の持ちものは、二、三枚のガ

ーゼの寝巻きとからっぽのハンドバッグ一個のみ、文字通りのスッカラカンだった。夫の書斎を占領した母に、徘徊、過食がはじまり、人手を借りなければ入浴もできないほどに太りに太った。終日ベッドでゴロゴロし、私が顔をみせるとメソメソと泣きくどいていまにも死にそうな様子をみせたが、私が部屋から一歩出たとたんにケロリと起きあがってスタスタとバスルームに入ってゆく姿は、役者も役者、私など足もとにも及ばぬほどの名演技ぶりだった。

際限なく太った母は、ある日転んで胸を打ち、今度は本当に終日ベッドで暮すようになった。困り果てた私は、以前にもお世話になった浜松の病院長をたずねて相談に乗っていただいた。

「まず第一に、体重をへらすことです。当分の間、お預かりしましょう。いつでもお連れください」

そう言ってくださった院長の笑顔が、私には神サマにみえた。

その日は、私が仕事で北海道に出発する日だった。午前九時半ごろ、浜松の病院長から電話が入った。母が亡くなった、という報せだった。朝の九時、「お母さん、オシッコの時間ですよ」という看護婦さんの声に、「ハイハイ」と返事をして起きあがった母は、そのままストンと倒れて、オシッコならぬあの世へいってしまった、という。診断は心臓マヒだった。ささやかな葬式をすまし、母のお骨は当分の間わが家の寝室にひっそりと置かれていたが、それでも母の死は知人、友人に知れて、電話のベルが鳴り続けた。

「おふくろさん、死んだってね。おめでとう……という言葉は当らないかもしれないが、やっぱり、おめでとう、としか言いようがない。デコのしあわせはこれからだ」

「お母さん、亡くなったって？　よかったなァ……箸にも棒にもかからねえ人だったよなァ」

「デコちゃん、長い間たいへんでしたね、よくがまんしたわね。これからはうんとしあわせになってね。私もあの人のこと忘れられてせいせいするわ」

どの電話にも、いわゆるお悔やみの言葉はなく、母の死を喜ぶ（?）明るい声の電話ばかりだった。私にとって、真実オニのようだった養母も、他人にこうまで言われてみると、なんとなく哀れになってくるから人間とは妙なものである。

死んでよかった、と人々に言われる母の一生とはいったいなんだったのだろう? 金銭以外はなにものも信じなかった母。貰い子の娘がたまたま「金の成る木」に成長したばかりに、金に魂を奪われ、金に翻弄《ほんろう》されて自滅してしまった母。四歳だった私に、ひとこと多いウソを言ったばっかりに、娘の首を、そして自分の首まで締めてしまった母を、いまはただ、哀れな人だった、とおもうのみである。

しかし、母自身はどうだったのか? 終始我慾を貫き通して一生をおえた母は、案外ケロリとして、「楽しかったサ」と言うかもしれない。人間模様は、さまざまである。

静かな部屋の、ささやかな食卓の上で、フツフツと小鍋が音を立てている。

「もう一本、熱カン、願います。そのあとは鴨雑炊だ」

「よっしゃ、卵、いれる?」

「いれる。一個」

「私も、一個」

私は冷蔵庫から二個の卵をとりだして、そっと食卓に置いた。函館の病院で、病床のカアサンが私にくれた生卵と同じ、真白な美しい卵である。

年年歳歳　花相似たり
歳歳年年　人同じからず

卵は、昔もいまも変らない。

馬よ

「そろそろニュースの時間かな?」と、食卓の上の小型ラジオのスイッチを入れたとたんに、高らかな馬のいななきが耳に飛びこんできた。二声、三声……続いて語りはじめたアナウンサーの、珍しく落ちついてこころよい声音にひかされて、私は椅子に腰をおろして聞き入った。

アナウンサーの話を要約すれば、世田谷に住む明子さん(仮名)は一歳のときにポリオ(小児麻痺)に罹《かか》った。ポリオにはいろいろな症状があって、明子さんは下半身に麻痺があり、少女に成長しても人手を借りなければ一歩も歩くことが出来なかった。

「いつの日か、自分の意志で、おもいきり走ってみたい。髪の毛をなびかせて、風を切って走って、走ってみたい……」

それが明子さんの夢であり、願いであった。明子さんの願いは即、常時、車椅子を押しているお母さんの願いでもあったけれど、どう考えてみても、その望みを叶えてあげる自信はなかった。

ある日、お母さんはテレビのスイッチを入れたまま、台所仕事をしていた。突然の、どよめくような歓声に、お母さんは居間のテレビにチラリと目をやった。競馬の実況放送だった。手綱を握る騎手たちを背に、数十頭もの競走馬が疾風のように駆けている。いずれ粒よりの名馬ばかりなのだろうが、まるでブロンズの彫刻のように美しい馬たちが、四肢をいっぱいにのばして、天空を飛ぶように、それこそ風を切って駆けている……。お母さんの目は、その画面に食い入るように釘づけになった。

お母さんはもともと競馬には興味も関心もない。ただ、馬の背にはりついている騎手たちの顔に、明子さんの顔がダブっているように見えたからだった。

「もし、明子が馬に乗れたら……せめて、あの馬たちの千分の一の速度でもいいから、明子が馬を走らせることができたら、どんなに喜ぶことだろう……」

あくる日、お母さんは家族には告げずに、同じ世田谷の用賀にある「馬事公苑」を訪ねた。もしかしたらこの公苑で乗馬の手ほどきでもしてもらえるかもしれない、と思ったのだ。

馬事公苑は、日本中央競馬会の公苑で、競走馬の育成や訓練、騎手たちの馬術の鍛錬を行う場所で、特別な理由でもない限り、一般の人の乗馬は許可されていない、ということだった。

お母さんの「願い」を聞いた公苑の係員はびっくりして、「身体障害者に乗馬をさせるなんて、私の責任上、絶対にできません」と言いきって口を閉ざした。

しかし、お母さんはあきらめなかった。断っても、断っても、一途に公苑に通い続けるお母さんの、熱意と愛情に、ある日、遂に係員の態度がやわらかく解けて、明子さんに「公苑への出入り」が許された。

一週間に一度の乗馬の日は、明子さんの、そしてお母さんの人生をバラ色に変えた。公苑の係員たちの協力と親切をもらって、並足から早足、駆け足へと、明子さんの乗馬のトレーニングは進んでゆく。アナウンサーのインタビューに答えて、お母さんは、

「すっかり馬と仲よしになった明子は、乗馬のおけいこが終ると、馬のホッペに頬ずりをしてサヨナラと言います。そんなしあわせな明子をみられる私も、とてもしあわせです」

と、声を弾ませていた……。

私は、そのあとに放送されるニュースは聞かないことにして、スイッチを切った。すてきな話だった。その爽やかな気分のまま、一日をすごしたい、と思った

からである。

それにしても、馬のホッペとは、馬の顔のどのあたりのことをいうのだろう？馬という動物は、そばに寄ってみるとずいぶんと図体がでっかくて、顔の長さは四、五十センチほどもある。目と鼻さきの間の、ほっそりとした部分がホッペなのか、それとも目の下脇の、ぷっくらと盛りあがったところがホッペなのか。……まあ、そんなことはいいとして、私には馬とのつきあいもなく、ホッペにチューをしたこともないけれど、考えてみたら、馬とはまんざら無縁だったわけでもない。

昭和十六年。私は東宝映画の「馬」という作品に出演した。タイトルそのもの

がズバリ「馬」だから主役はもちろん馬だけれど、私の役は東北寒村の一少女で名前は「いね」。

ストーリーは至って簡単で、馬好きの少女が、仔馬をもらうという条件で妊娠馬をあずかり、生まれた仔馬を手塩にかけて育てあげるが、やがて二歳馬になった仔馬は、少女の父親の借金返済のために馬市で売られ、軍馬として戦地へ送られてゆく。ただ、それだけの物語である。

東北地方の美しい四季を豊富に盛りこむのが映画の目的なので、ロケーション撮影地を一ヶ所に限定せず、新庄、盛岡、尾花沢、横手、湯沢、湯瀬、鳴子、などを転々とし、季節によって、その季節の撮影を得手とするカメラマンたちを選ぶ（春・唐沢弘光。夏・三村明。秋・鈴木博。冬・伊藤武夫）という、当時でも例のないゼイタク三昧の映画作りとなり、準備から完成まで足かけ三年、撮影実数は一年の余もかかった。

ストーリーが馬と少女の愛情物語だから、常時、馬のそばには私の演じる「いね」がいるし、「いね」がいるところには必ず馬がいる、という寸法になる。

「いね」に扮するのは、この私、つまり高峰秀子という一人の少女俳優だけれど、馬のほうはいつも同じ馬というわけにはいかない。というのは、撮影ロケ地が変るたびに、製作スタッフはバスや汽車で、撮影機材はトラックを連ねて移動するが、その都度、馬主つきの馬までバスや汽車に積みこんで連れ歩くのは到底不可能。馬は現地で調達するよりしかたがない。したがって、一足さきに次のロケ地へ飛んだロケーションマネージャーがかけずりまわって、なるべく主役の馬に似た馬をひっぱってくる。

「いね」の愛馬はアングロノルマンの内国産（フランス、ノルマンディ地方が原産。日本には明治以来、もっとも多く輸入された品種で、日本で改良されて、農耕、軍馬として活躍した）栗毛《くりげ》で、左うしろ脚の蹄の上の部分だけが白い、という設定だから、馬ならどれでもいい、というわけにはまいらない。

ロケ地で調達される馬は、全身が栗毛の馬、四肢のさきや鼻すじが白い馬、たてがみや尻尾が長すぎたり短すぎたりする馬、と、いろいろで、新人（?）の馬が現れるたびに、まずは馬のお化粧からはじめなければならない。

助監督さんや小道具係りが馬にとりつき、四肢が白ければ三本を茶色の靴墨で塗りつぶし、四肢とも栗毛ならうしろ脚一本だけに白いペンキを刷《は》く。たてがみが長すぎればハサミを使って床屋もやる。

いきなり馬のうしろ脚を抱えこんで蹴とばされたり、たてがみの刈りこみ作業中に食いつかれそうになったり、と、馬が替わるたびに大さわぎである。

私は私でまた、馬が替わる都度ニンジンなどをブラさげて初対面の御挨拶に出向かなくてはならず結構忙しい。なにしろ、馬の生理や習性などテンから知らないスタッフたちが、よってたかっていじくりまわすのだから、馬にとっては迷惑しごく。中にはふてくされて押せども引けどもガンとして動かない馬もいた。

例えば、馬は急な坂道を一直線に走りおりることが出来ない。そんな無茶をすれば前脚を折るか、頭からまっさかさまにでんぐりがえるということをちゃんと知っているから、坂道を右か左の斜面ぞいに走りおりる。

人間だって同じことで、急坂を全速力で走りおりれば頭からでんぐりがえる。

馬にだけ「一直線に駆けおりろ」と強要するなどは、ないものねだりもいいところで、無智、アホウというものである。

アメリカ映画の西部劇などを見ていると、カッコいいガンマンやインディアンが、そそり立つ断崖絶壁をものともせず、自由自在に馬をあやつってドンパチやっている場面があるけれど、出演している馬たちはサーカスの曲芸馬のような特訓を受けた馬だから、人間でいえばスタントマンのようなもので、日本国には残念ながらあの手の馬は一頭も存在しない。

スタントマンといえば、映画「馬」の一場面に、裸馬に乗った「いね」が、汽

車で東京へ行く弟をどこまでも追いかけて見送りをする長いカットがあった。

宙を飛ぶような馬の四肢がくっきりと空にぬけるように、山の稜線を駆ける、というのがこのカットの条件だ。

裸馬によじのぼることさえおぼつかない私には、このカットはしょせん無理、近在ではピカ一の馬の乗り手といわれる女性が、私の衣裳を着てスタンドインをつとめてくれることになった。が、馬は走らない。何度テストをくりかえしても、馬は、道もなく切り立った山の稜線を巧みによけて、山の向こう側かこっち側しか走ってくれず、ピカ一は遂にギブアップ、馬も疲れ果てて、その日の撮影は中止になった。

次の日に、私のスタンドインとして現れたのは、年のころは六十歳前後、小柄でシワクチャのおじいさんだった。もと、競馬の名ジョッキーだったというけれど、お下げ髪のカツラに手ぬぐいの鉢巻き、白地に赤いチェックのシャツに紺のモモヒキ、という「いね」の衣裳を着た格好は、どうみても安手の西部劇映画に登場するインディアンの老人で、私はかなりズッこけた。

監督の指示に、ウン、ウン、とうなずいていたインディアンは、

「ンまあ、やってみべえか」

と言いざま、ひらりと裸馬に飛び乗ると、早足で所定の位置へ進んでいった。

「やってみべえかって言ったけど、どう？　一応まわしてみる？」

と、ファインダーをのぞいていた三村カメラマンが呟《つぶや》き、助監督がサッと振りおろした白旗を合図に、馬が全速力で走りだし、同時にカメラがまわった。

馬は、幅のせまい山の稜線を見事に突っ走り、放牧中の馬群までひきつれて、長い道程を走り切った。もちろん、テストなしの「一発ＯＫ」となり、スタッフ全員から感動にも似た歓声が上がった。

「プロとは、こういうものなのか……私もせめて、俳優のプロの端くれぐらいにはならなければ……」

それが、十六歳の少女俳優だった私の、「偉大なるインディアン」に対する、

感動と感想だった。

こうして撮り集められた断片的なカットが、編集されて一本の映画になるまでには、観客にはわからない紆余曲折、珍談奇談があるけれど、「馬」の場合、劇中では終始一頭にみえる馬が、実は十数頭もの異なる馬だと気づいた観客は、おそらくいなかっただろう。「馬」は、私の少女時代の代表作などといわれているけれど、「馬」の撮影期間中、私は馬と仲よしになるヒマなどなく、あけてもくれても初対面の馬とのつきあいで、ただバタバタしていた、という思い出しか残っていない。映画とは、ことほど左様に、もっとも本当らしいウソ、インチキの固まりなのだ。

こんな楽屋裏を公開してしまっては、折角のイメージが狂っちまう、かもしれないけれど、でも、それが「映画作り」というものなのだからしかたない。

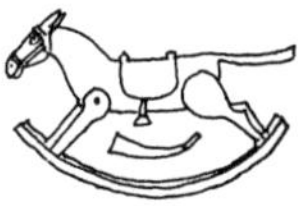

ただ、私は「馬」に出演して以来、どういうわけかわからないけれど、熊本や長野の名物である馬刺《ばさ》し（馬のさしみ）や桜鍋（馬肉のスキヤキ）、馬の生肉をミンチ状にしたタルタルステーキ、馬肉のハムやソーセージ、缶詰にいたるまで、いっさいの馬肉が食べられなくなった。いったいどうしたのだろう?

世の中には、ときたま、わけのわからないことが起きるけれど、これは私にとっての「ふしぎ」のひとつである。

「馬」は、市販のビデオテープの場合百三十分で、かなりカットをされているが、実は二時間三十分の長編作品である。

その大部分は東北地方の風俗、習慣、風景が主体だから、カメラワークもロングショットが多い。が、ただ二カットだけ、観客がとまどうほど異常に長いクローズアップが使われている。その一カットは、馬市で売られることになった愛馬を馬検場まで曳いてゆく、馬との別れの悲しみでほとんど無表情になった「いね」のアップを、カメラは移動車の上から追いに追い、長々と捕らえてはなさない。もう一カットは、軍用馬として戦地に送られてゆく馬たちが、馬主に轡《くつわ》をとられ、隊列を組んで粛々と峠を越えてゆく場面で、これも五十頭を越える馬たちのクローズアップが延々と撮影されている。

戦地に送られた「いね」の愛馬は、二度と「いね」のもとには帰ってこないだろうし、この軍馬たちも二度とこの峠を戻ってくることはないだろう。

いくさで傷つき、病いに倒れた人間の兵士たちが再び故郷の土を踏むことはあっても、戦地で活躍した馬たちが戻って来た、という話は聞いたことがない。「使い捨て」。それが軍馬の運命といってしまえばそれまでだけれど、あまりに哀しい。

映画「馬」の冒頭には、東條英機陸軍大臣の言葉がそえられている。

「飼養者の心からなる慈しみに依ってのみ、優良馬――将来益々必要なる我が活兵器――が造られるのである」

と。軍馬育成奨励の国民映画としての「馬」は興行的にも大ヒットをした。が、「活きた兵器」である「馬」のラストシーンに、あの長い長い二カットを使った演出家、山本嘉次郎にとって、東條大臣のステートメントはいささか空虚でうそ寒い心地がしたのではないだろうか？

おもえば、映画「馬」には、ひっそりと静かな戦争反対という下敷きがかくされていた、と、いま気づくのは私だけだろうか？

梅原龍三郎と周恩来

昨年（平成八年）の秋、香港在住の老朋友《ラオポンユウ》、伍沾徳、玉珍夫妻に誘われて、北京、西安、十日間の旅をした。

旅の目的は、西安の兵馬俑《へいばよう》見物だったが、日本から西安への直行便はなく、北京か上海から空路で二時間とか。「まずは北京に集合」ということで私たち夫婦はナリタから北京へと飛んだ。

久し振りに降りたった北京首都国際空港はビックリするほど立派になっていて、

伍さんさしまわしの出迎えのベンツは、空港から一直線にのびる、私の大好きだった見事な並木道を眼下に新装のハイウェイをつっ走り、以前は小一時間もかかった道程をわずか二十分ほどで市街地へ入った。

北京の秋、といえば、梅原龍三郎画伯画くところの名作「北京秋天」の、研《と》ぎだされたような青空の色がイメージに浮かぶが、今日はあいにくと「北京曇天」である。北京の街は右も左もビルラッシュ、建設現場に立ちのぼる土ぼこりと騒音、おびただしい車の数と排気ガス……うすぼんやりとにじむ太陽の光を遮っているのは「ぶ厚いスモッグの傘なのだ」と、ようやく納得がいった。トラック、バス、乗用車、小魚の大群のような自転車の間を縫うようにして、私たちのベンツは集合場所である開店ホヤホヤ、五つ星のホテル「中国大飯店」の玄関前にたどりついた。

ホテルのフロントで、香港から到着したばかりの伍夫人にパッタリと出会い、伍夫人は「コニチワ」、私は「ネイホウ」、と、ヘンな挨拶を交わす。

昔々のその昔、夫・ドッコイ松山善三作品の映画、「名もなく貧しく美しく」が香港で上映されたとき、香港側の招待客として映画を観てくれた若き日の伍夫妻と知りあって、以来、三十余年もの交友が続いている。が、いまだに彼らと私たちの間にはほとんど会話は存在しない。理由は簡単、あちらは英語と広東、北京語、こちらは日本語オンリーで、つまり言葉が通じないからである。

現在、香港実業界の一大成功者である伍さんの名刺には、「廣州嶺南《リンナン》大学院、名誉主席」をはじめとして、種々の役職名がズラズラと並んでいるけれど、そのどれにも私たちはカンケイない。用件でもあれば通訳が必要だが利害関係は皆無だから用件はないし、通訳に聞かれて困るナイショ話もない。私たちが香港へ行けば美味しい中国料理を御馳走になり、彼らが日本へ来れば美味しい日本料理を御馳走している内に、なんとなく三十余年が過ぎてしまった、という、世にもふしぎな友人関係である。

温厚篤実の見本のような伍さんはまた、羨ましいような愛国者で、「ボクの母国を少しでも知ってほしい」と、ただそれだけの理由で、上海、北京、南京、黄山……と、私たちを誘い出しては親切こまやかに案内をしてくれる。誘われれば私たちは、ノコノコと出かけてゆくが、なんせ手振り身振りの旅行だから、大半はチンプンカンプンのままサヨナラになり、そしてまたチンプンカンプンの再会を楽しむ。……今回もまた「兵馬俑は一見の価値あり、センソー（善三）、ヘデコ（秀子）にも是非みせたい。ボクが案内するから」という再三の誘いに、七十三歳の私たち夫婦はようやく重たいオシリを上げたのだった。

北京到着のその夜は、天安門広場に向かって南に位置する、日本でいえば国会議事堂にあたる「人民大会堂」は「ウイグルの間」で、四十名ほどの夕食会に出席、伍さんは北京、上海航空の機内食を一手に司るチェアマンでもあるから、今夕は中国民航のエライさん方への御挨拶の宴であるらしい。ワインが抜かれ、マオタイ酒が飛び交い、英語、北京語、広東語などのしっちゃかめっちゃかの中に、デクの坊のような私たち夫婦がただ黙々と御馳走になっている図は、まさにマンガである。

二、三日、そんなパーティが続いたある日、「明日は夜の宴会まではフリー。どこへでもお好きなところへどうぞ」と、伍さんは、運転手つきのベンツに、ごていねいに日本語の通訳まで添えて私たちを解放（?）してくれた。そう言われても北京は今度で六回目、とくに見物したいところもなく、私の好きな天壇公園へと向かう。

天の神がまつられている、という天壇は、現在、周囲六キロに及ぶという途方もなく広大で整然とした公園になっていて、とくに美しい、三重の円型屋根を持つ「祈年殿」は、梅原画伯作品の「雲中天壇」でも多くの人々に知られている。

この絵が画かれたのは一九三九年。ルリ色の空の「北京秋天」は一九四二年、と、画伯は五十歳前後に六回も北京に滞在してたくさんの作品を残している。

画伯が愛したのは北京の風景ばかりではなく、中国料理、骨董街、京劇、と、なにもかもが気に入り、北京語の四声のレッスンをとったり、当時の京劇の名女形「梅蘭芳《メイランファン》」に惚れこんで、

「ボクもね、梅原龍《メイグアンルン》と名前をかえて、京劇の俳優になろうか？　と考えたこともあるサ。半分以上は本気だったな」

というから、中国への傾倒はハンパではなかったらしい。その情熱のすべてが、カンバスの上にみなぎり、溢れ、「雲中天壇」という絢爛豪華、強烈な作品になったのだ、と私はおもう。

梅原画伯との初対面は、昭和二十年の敗戦から三年がたち、銀座の焼けあとにもチラホラとバラックながら店舗らしいものも建ちはじめ、人々の心もわずかながら落ちつきをとり戻しはじめた、そんな時、ささやかな楽しみを求めて「絵で

も画こうじゃないの」と、素人ばかりが集まって発足したのが「チャーチル会」だった。

生徒は、藤山愛一郎をはじめとして、作家の石川達三、田村泰次郎。作詞の藤浦洸。新派劇団の伊志井寛。オペラ歌手の長門美保、佐藤美子。俳優の森雅之、宇野重吉、高橋とよ、柴田早苗、それに私高峰秀子などと、およそバランバランなメンバーだった。先生は、はじめ石川滋彦画伯一人のはずだったのが面白半分に集まった宮田重雄、益田義信、伊原宇三郎、猪熊弦一郎、佐藤敬、硲《はざま》伊之助、高野三三男、久保守、と、どんどんどんどん増えるばかり、先生のほうが生徒の数より多い、というヘンな会だった。

どうせお遊びの会だから、最高顧問にはドカン！　と一発、梅原龍三郎御大をかつぎ出せ、ということになり、宮田、益田の両人に連れられて梅原邸を訪ねたのが、梅原画伯との出会いだった。以後、昭和六十一年、画伯が九十七歳で亡くなるまで、有形無形、言葉につくせぬほどの恩恵をいただき、その間、たびたび肖像画のモデルも務めたが、あるとき私は、絵筆を動かしている画伯にこう聞いた。

「先生は男の人をほとんど画かないけど、どうしてなの？　画きたい人がいないの？」

「ボクが画きたい男は、世界中にたった一人いるよ。周恩来だ」

そう断言した梅原画伯も周恩来も、もうこの世の人ではない。

「祈年殿」の、ルリ色の屋根瓦を仰ぎみている私の目の中に、懐しい梅原画伯と、端正で凜々しい周恩来の面影がふっと浮かんで、消えた。

おひるどきとなり、私は通訳の陳さんに、「北京の人が行くおいしい餃子（ヂャオズ）の店へ連れていってください」と頼んだ。

陳さんは北京生まれの三十歳。日本の学校で二年間、日本語の勉強をしてつい先頃北京へ戻ったばかりの、六歳の男の子の父親だという。陳さんが案内をしてくれたのは、長安街の老舗ホテル、「北京飯店」の一隅にある軽食堂だった。北京飯店……一九六三年、私たち夫婦が初めて中国政府に招待されて北京へ行ったときに宿泊し、梅原画伯も長期滞在していた思い出深いホテルである。

テーブルを囲んだのは、陳さん、運転手の王さん、私たち夫婦の四人だった。北京語しか話せない王さんはちょこんとかしこまっているが、陳さんは旅行社から派遣された通訳だけあってペラペラとよく喋る。やがて運ばれてきた水餃子にかぶりついた陳さんは「ウム、イケル……」と呟《つぶや》いた。とたんに私の目が三角になった。

「陳さん。あなたの日本語には、たびたびイケルとかダントツとかヤバイとかヘンな言葉が入るけど、そういう言葉を日本の学校で習ってきたのですか?」

「いえ、学校では習いませんでした」

「では、お友だちから教えてもらったのですか?」

「そうではありません。北京で私がガイドをする日本の観光客の人たちから習いました」

「?!」

「お前、そんな水くさい言いかたはやめろよ、もっと打ちとけろ……そういわれて」

「打ちとけるのと、馴れあうのはちがいます。そういう人たちになんと言われようと、陳さんは学校で勉強したきちんとした日本語を使ったほうがいいとおもいます。通訳は言葉を大切にしなくてはいけません。ダメな日本人に正しい日本語を教えてあげる、そんな毅然とした態度でいてください……」

そこまで言って、私はふっと口をとざした。

言葉に不自由な観光客にとって、通訳は必要だし、感謝をしながらつきあうべき存在である。ダントツにイケル、マオタイ酒のせいかどうか知らないけれど、大切な通訳をお前よばわりし、おせっかいにも下司でヤクザな言葉まで置きみやげにしていく心ない人々に私は無性にハラが立ち、おもわず陳さんに当りちらした。が、考えてみれば、北京くんだりまで来て、とんだお説教をグダグダと並べているこの私はいったいなんだ？　それこそ大きなお世話、余計なおせっかいというものじゃないかしら？……私の語気に、陳さんは箸を置いて目を丸くしている。私はとつぜん自己嫌悪におちいって、餃子が胸につかえた。

古都「西安」は、ますます人気の高い兵馬俑ラッシュで街中が沸きかえっていた。

秦の始皇帝陵から一・五キロほどはなれた西揚村の「兵馬俑坑博物館」の入口近くは、門前、市をなす、の言葉の通り、バラック風の軽食堂や饅頭屋、柿や焼き芋を商う店、毛皮店、土産物店などがびっしりと軒を並べ、売り子や呼びこみの声が騒々しく飛び交ってたいへんな賑わいである。

巨大なドームにおおわれた一号坑には回廊のような足場が組まれていて、見物客はその足場を歩きながら兵馬俑を見下ろす、という寸法になっている。七千体以上もの等身大の陶俑が整然と肩を並べている光景は、一言でいって、ただ壮観だった。兵馬俑については、日本にも多くの情報が入っているし、いまさらくどくどと書く気もないけれど、泥一色の陶俑が並ぶすき間の地面に坐りこんだ、三、四人の作業員が頭から泥だらけになって、掘りおこしたばかりの俑にこびりついた土くれを、小さな手帚《てぼうき》と指さきを使って、ゆっくりと丹念に取り除いている姿が妙に印象に残った。

二千年もの間、地下に埋もれていたおびただしい陶俑のほとんどは、当然どれもこれも崩れ果てて幾つかの破片となり、完全な形のものはほとんど存在しなかった、という。その破片を掘りだして、まるでジグソーパズルのように一個の人体に仕立てるにはどれほどの根気と忍耐が要ることか……気の短い私たち日本人からみれば考えられぬような作業である。中国の人々の持つ、計りしれないパワーとねばり強い忍耐に、私は圧倒された。

「こんな人々に、本当にやる気になられたら、チンケな日本なんて、まるでお呼びじゃない」

というのが、今回の中国旅行の感想だった。

白熊のような巨体をユラユラさせながら私たちを案内してくれた伍夫妻と、香港で「じゃ、またネ」と別れて東京へ戻った私は、中国で受けたカルチュアショックに呆然となりながらも、とりあえず、『始皇帝を掘る』(樋口隆康著)、『兵馬俑と始皇帝』(今泉恂之介著)などの本にくらいつき、ついでに周恩来の生涯を書いた『長兄』(ハンスーイン著)を、一週間かけて読み終えた。

医師として香港で開業していたハンスーイン女史の父親は中国人。母親はベルギー人。そして御主人はインド人。というややこしい人で……というより、昔、アメリカで映画化された「慕情」の原作者といったほうがわかりが早いかもしれない。「私は周恩来党の一人」と、彼女の文章にもあるように、四百ページにわたる『長兄』には、彼女が敬愛する周恩来の波瀾にとんだ生涯がくまなく綴られて、感動的だった。

毛沢東と周恩来は、「新中国建設」という同じ志を持ちながらも、二人の性格は水と油ほど異なっていた。情熱の人、毛沢東が太陽なら、理性の人、周恩来は月。周恩来が静なら、毛沢東は動。常時スポットライトを浴びる毛沢東より一歩うしろに下がって、四方八方に気を配るのは、智の人、周恩来だった。偉人とか賢人とかと形容するのももどかしい、全中国の人民に父と慕われていた周恩来は、六回にわたる癌の手術の末、一九七六年に、その尊く数奇な生涯を閉じた。毛沢東の遺体は、天安門の南側に建てられた「毛沢東記念堂」の、水晶の柩の中に納められているが、周恩来には記念堂どころか墓もない。

周恩来は、自分に関する記念碑、墓標、墓碑などの一切を望まなかった。そして、「私の遺骨は祖国の山河の上に撒くように」という遺言が守られて、その遺骨は飛行機から中国全土に撒かれた、という。

「散骨」といえば、「周恩来の肖像を画きたい」と言われた梅原画伯もまた、生前、散骨を強く望んでいた一人だった。が、日本の法律では散骨は禁じられている（現在はどうか知らないが）と知って、画伯はずいぶんとガッカリしたようだった。画伯の次の望みは「どこか遠い外国で、野垂れ死にでもいいから人知れず死にたい」ということで、八十歳をすぎたころから口ぐせにそのことをくりかえしておられたが、それも果たせず、結局は東京の病院のベッドの中で目を閉じてしまった。癌で苦しみぬいた周恩来をおもえば、画伯は九十七歳、巨木が自然に朽ち倒れたような安らかな大往生だったことだけが、せめてもの私の慰めであった。

いま、私の机の上に『梅原龍三郎　没後十年』という立派な本がある。もちろん、カラーページには「雲中天壇」や「北京秋天」、そして私の肖像画もある。

私がモデルを務めた作品は十点にのぼるが、どの絵も、衣裳は明るく派手だが、その表情はどこか暗くきびしく、眉間にはかすかないらだちのような影さえみえて、いわゆる華やかな女優の肖像画とはほど遠い。画伯の肖像画は、その姿、形をカンバスに画き写す、というより、モデルの内面にあるなにものかをカンバスの上に表現する、という手法だった。画伯はいったい、周恩来の胸中から何をひき出したかったのだろうか？　これぱかりは梅原画伯以外の人間には知るよしもない。

この本には、細かく記された年譜に、当時の画伯のスナップ写真が添えられている。パリ留学時代の青年から壮年に……とくに六十歳前後の画伯の顔は、みるからにたくましく、そして、みとれるように立派である。

壮年から老年に入った当時、画伯はときおり、気心の知れた友人知己を自宅に招いて「夕食会」を開いた。ゲストは政界、財界、ジャーナリスト、画商、作家、棋士、関取、歌舞伎役者、と、その交友は幅広く、中国料理のコックやすし屋の親分が腕をふるった夕食のあとは、将棋や囲碁を楽しむ人、お喋りに興じる人、と、梅原サロンはいつも明るく楽しかった。

あれは……画伯が七十歳をすぎたころだったろうか、夜も十時をすぎておひらきとなり、最後に残ったのは作家の川口松太郎と、長年、画伯の画集を手がけていた石原求龍堂の主人の石原さん、そして私の三人だった。ふっと姿を消した梅原画伯は、一枚の半紙を持って現れると、その紙をテーブルの上に置き、私たち三人は立ちあがってその紙を覗きこんだ。

「葬式無用
弔問供物
同　辞すること
梅原龍三郎

生者は死者の為に煩わさるべからず

月　日」

自筆で書かれた「遺書」だった。

一瞬、言葉を失った三人に向かって画伯が口を開いた。

「こんなものを書いた。君たち三人の内の誰かがこれを預かってくれて、ボクが死んだら早々にこの遺書を、朝、毎、読の三紙に発表してほしいのだが、どうかね？」

「わたしゃゴメンですよ。こんなものを預かった日にゃ夜もオチオチ眠れやしねぇ」

と、川口氏。

「こりゃ、責任が重すぎます。私のほうがさきに逝っちまうかもしれないし……」

と、石原氏。

「私も映画のロケーションであちこち駆けまわっているし、その時に外国にでもいたらお手あげです」

三人に断られた画伯は、あっさりと、

「ふふうン……じゃ、清書だけでもしておくか」

と呟いて遺書をとりあげると、和服のふところへギュウと押しこんだ。

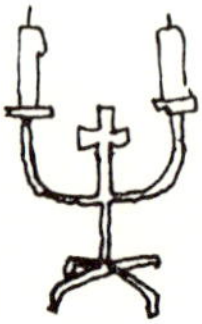

それから二年ほど経ったある日、私たち夫婦は石原さんの訪問を受けた。

「私、ずっと体調が悪くてね。近く入院することになりました。ついては、私が預かるハメになった梅原先生の遺書を、あなた方にバトンタッチしますので、よろしく頼みます」

石原さんが置いていった画伯の遺書を前にして、私たちは心底途方にくれた。

一応はそそくさとわが家の金庫にしまいこんではみたものの、どうにも気持ちが落ちつかない。かといって、どこへ移すという才覚もなく、誰にでも相談に乗ってもらえることでもない。考えぬいた揚句、京都、鹿《しし》ヶ谷《たに》の法然院の橋本峰雄住持の智恵を借りよう、と、私たちは京都へとんだ。よりより相談の結果、当時、朝日新聞の書評欄に名を連ねていた橋本住持の口ききで、新聞社内の「秘密文書保管部」に保管してもらい、もしもの時はすべての新聞紙上に発表される、という条件つきで、遺言事件（?）は落着した。

一九八六年、一月十七日の各紙朝刊は、いっせいに梅原画伯の遺言を大きく発表し、私たち夫婦のおつとめは、終った。

わが家へ戻ってきた画伯の遺書を眺めて、人間の死とはいったいなんだろう?と、私は考える。生を選ぶことのできない人間にとって、唯一、自由であるべき死とはいったい何だろう?……梅原画伯と周恩来は、その強い意志と遺言によって、自らの「死」への姿勢をはっきりとした形に示して逝った。

見事な「男の死であった」。凡人の私にはそれ以上の言葉が浮かばない。

風の出会い

春風

日に日に体力の衰えを感じる。

そりゃそうだろう、七十年も生きちゃったのだもの、屋台骨にはガタがきて、身体中のパーツはサビついている。朝、目がさめたときにはもうくたびれている、というていたらくである。

それでも、萎えた心身をひっ立てるようにして六本木まで出かける。ひとつは夕食の材料の仕入れ、ひとつは弱くなったアンヨを叱咤激励するためである。野菜を買い、肉屋をのぞいた帰り道、例によって私の足は花屋の店さきに釘づけになった。私は夫・ドッコイに「花キチお秀」といわれるほどの花好きである。とくに春の花屋はこよなく華やかで美しく、つい、あれもこれもと欲ばっているうちにかさが増え、両腕で抱えるほどの包みになった。歩くたびにユサユサと音を立てる花たちを、家に帰ったら、この黄色い花はバカラの瓶に、この紫色はやはり李朝の壺に……と思いをはせるのも、私の楽しいひとときである。

花の包みはずっしりと持ち重りがして、「ああ、重いな」と思った矢先にビュウ！　と突風が吹いた。地べたをまくりあげるほどに強く激しい風だった。花の包みをかばおうとしたとたんに、私は風に足をすくわれてよろめき、左のわきの下にはさんでいたセカンドバッグが地に落ちた。バラバラッと小銭が散り、三、四枚のお札が風に舞い上がった。

胸元に抱きしめた花束と買物包みを抱えたまま一瞬棒立ちになった私の前に、

一人の女性が小腰をかがめてしゃがみこんだ。

「大丈夫ですか？」

女性は素早く小銭を拾い集めてくれる。

「あ、ありがたいな」

と思う私の目の前に、

「お札、これだけでしたか？」

という声と一緒に、お札をつまんだ指がのびてきた。今度は男性である。この人は風に舞うお札を追いかけてくれたらしい。

「ありがとう、どうもありがとう！」

と頭を下げる私にニコッと笑顔を残して、小銭の女性とお札の男性はサッサと歩きだした。あとを追うようにして、私もノコノコと歩き出す。

ブルーグレーのスーツの女性は年のころ三十歳ほどだろうか？　男性も三十歳ほどでグレーの背広姿である。

「御夫婦かしら？　それとも恋人同士かな？　どっちにしても爽やかな人たち……。こんな二人だったら、さぞしあわせな素敵な家庭を築いてゆくだろう……」

と、思う間に、飯倉の交差点についた。信号は青である。男性は交差点をスタスタと渡ってゆき、女性は交差点の手前の道を右に折れて歩を早めた。

「なあんだ、つまんないの」

私はなんとなくガッカリしたが、もう一度二人の後ろ姿へ「ありがと」と呟いた。風は嘘のように止んでいた。

家に帰って、ズラリと並べた花瓶に花を入れていたら珍しく鼻歌が出た。

「人間って、いいな」

春の突風が運んでくれた嬉しい午後だった。

木枯し

ピュウ！　と木枯しが吹いて、冬が来た。

北海道生まれのくせに、めっぽう寒さに弱い私は、肩をすくめて納戸に入り、衣裳ダンスの戸を引き開けた。そろそろ毛皮のコートにお出まし願うためである。

私にはもともと毛皮が似合わない。とくにミンクやセーブルなど、フワフワと毛の生えた（?）コートを着たとたんに、私は人間から「マレー熊」に変身するということをしっかりと自認している。それを承知でなぜ毛皮を？　と聞かれれば、つまり手っとり早く暖かいからで、風邪を引いて苦しむよりはマレー熊であろうが豆狸であろうがしかたがない、と諦めている。

冬になって毛皮を取りだし、風に当ててブラシをかけるたびに、私の心に小さな思い出が甦ってくる。

私がはじめて「毛皮」のコートを着たのは、第二次大戦後、昭和二十三年ごろだったと思う。当時、人気女優といわれてまわりからチヤホヤされていた私は、自分が好むと好まざるとにかかわらず、雑誌の表紙やグラビア、コマーシャル用の撮影のためなどであらゆる衣裳を揃えておかねばならず、映画出演料のほとんどが「衣裳費」となって消えていった。毛皮もまた商売道具のひとつだったから、衣裳ダンスの中にはミンク、チンチラ、リス、テン、シール、アストラカンやブロードテールなどのコートやストールがズラズラと並んでいた。が、それらの高価な毛皮をまとう私の心はいつも乾いてイラ立っていた。人嫌いで反抗精神の塊のような私は、「スター」という一見華やかな虚名を持つもう一人の自分についてゆけず、ひそかに「女優をやめること」ばかり考えていたからだった。ロクなことを考えない女優にロクな演技ができるはずもなく、仕事はいつも投げやりで数をこなすのがやっとだった。

そんなある日のことだった。

「御注文のミンクのハーフコートが仕上がりました」

と、銀座の、毛皮店から電話が入って、私は早速毛皮店へ出かけていった。メスのミンクを使ったコートはしなやかで、艶やかで、美しかった。家に持ち帰って鏡の前でコートを羽織り、ポケットに手を入れた。

「？」

私はポケットの底から小さく折り畳まれた紙片をつまみ出した。それは一枚の便箋に書かれた手紙だった。

「私は毛皮のお針子です。

このハーフコートの注文主が私の大好きな高峰秀子さんだと聞いて、私はとても嬉しくて一針一針に心をこめて縫いあげました。私が縫ったコートがあなたを暖かく包んでくれることを思うと、私はしあわせです」

　私は何度も何度もその手紙を読みかえした。毛皮工場の裸電球の下で、固い皮を一針一針とじつけている一人の女性の姿が目に見えるようだった。

「コート一枚の陰にも、こうした人たちの労力がこめられている。そして、こうした人たちが私の映画を見てくれている。虚名であろうとなんだろうと、私は女優という職業に徹してもっともっと努力をしよう。……明日から頑張るぞ！」

　胸の中に、小さなローソクの火がポッと点《とも》ったような気がした。手紙は小さく折り畳んでもとのようにポケットの底に沈めた。このコートを着るたびに手紙を読みかえして、私を励ましてほしかったからである。

　手紙には、差出人の住所も名前も書かれていなかった。なんとかして一言でもお礼が言えたら……と考えたが、その方法はない。毛皮店の主人に問い合わせてみても、かえって当人に迷惑がかかりそうな気がして、それも控えたままで何十年という月日が過ぎた。

ブラシをかけ終った毛皮を、今度は柔らかい布で撫でるように拭く。毛皮は生き返ったように美しく輝いてくる。

「今年もまた、お世話になります」

と呟いてガラス戸を閉めようとしたとき、木枯しがピュウ！　と声を立てて庭の中を走っていった。

あの毛皮のお針子さんは元気だろうか。

つむじ風

朝刊を開いたら、アメリカのどこやらで「大竜巻の発生で民家の屋根が吹き飛ばされ、自動車が舞い上がった」というニュースが出ていた。どういう気象の変化でそういうことになるのか知らないが、とにかく恐ろしいことである。日本国では、たまに竜巻が起きても「猛烈な旋風」程度の小規模なもので、それよりチビなのは俗に「つむじ風」と呼ばれるものだろう。

このお話はいまから四十余年も前、昭和二十三年、秋のことである。その日は朝から家中の窓ガラスがカタカタと鳴り続け、庭木の枝が身をもむようにゆれ動き、落葉がくるくると輪を画きながら地面を這っていた。

風というものは妙に人の心をさわがせるが、とくに今日のつむじ風は「大事なこと」の前だけに神経が落ちつかなかった。大事なこと……それは、私の日頃敬愛する幸田文さんとラジオで対談することになっていたからである。

私は当時、二人の女性にぞっこん惚れていた（今もそうだが）。一人は名女優、杉村春子さんであり、一人は作家、幸田文さんである。このお二人、それぞれに仕事もちがい、歩く道もちがうが、優れた人間だけが持つ共通点がたくさんある。

まず第一に聡明である。第二に真摯な生きかたである。第三に和服姿がバッグンで、第四に……と、数えあげればキリがない。

テレビの画面に杉村さんが現れると、私はたとえ酔っぱらっていてもキチンと正坐して杉村さんの至芸を拝見する。

幸田さんの文章の一行一行に溢れる品格と清冽さもさることながら、その文章の中から、生活の小さな智恵を私はどれほど教えられたか知れない。例えば、雑巾はバケツの水の中でしぼってから上へあげるとまわりに水が散らない。襖をちょっと持ち上げれば敷居の掃除が簡単にできる。……などなどである。幸田さんは十四歳から十八歳までの四年間に、作家である父上、幸田露伴に、作法、料理、掃除のしかたまで徹底的に教育された、というが、教える側の一片の妥協もない厳しさにも、全身で立ち向かってゆく教わる側の根性の強さにも、父と娘の羨ましいような愛情が溢れていて実に感動的である。

こういう優れた女性と同時代に生まれ、間接的にでもその生きかたに触れることができた私は、やはり「しあわせな人間」だといえるだろう。

　さて、つむじ風は相変らずザワザワと音を立てている。昭和二十三年といえば、まだテレビは無くラジオの時代だったから、対談といっても何を着ようが関係はない、とはいうものの、相手がなんせ幸田弁才天だからお行儀のいい服装でなければ失礼にあたる。当時、幸田さんは四十二、三歳、その文章から推しても、絶対にゾロリとした絹物で現れるはずがない。私の勘によると、キリッとした紬《つむぎ》か八丈あたりでは？　と思い、私は無難な黒のスーツで出かけることにした。

　場所は銀座のビルの一室だったが、つむじ風のおかげで折角のヘヤスタイルがハリネズミの如く逆立ってしまい、あわてて洗面所に駆けこんだ私は髪を整え、ついでに深呼吸を二、三回して気持ちを整えた。約束の時間にはまだ十五分あるが、こちらは二十三歳のヘナチョコ女優、早く会場に着いて幸田さんをお迎えしなければ……と、エレベーターに飛び乗った。「落ちついて……落ちついて……」と自分に言い聞かせても、胸の動悸は早まるばかりである。

私の到着後、五分ほどして、それでも約束の時間より十分ほど早く、幸田さんが姿を見せた。ラジオ局の人の紹介もそこそこに、幸田さんはスッと私に近づいてきた。ドンピシャリ、辛子《からし》色に焦げ茶の格子柄の八丈だった。

「高峰さん、はじめまして、幸田文でございます」

私もあわてて頭を下げたものの、緊張のあまり挨拶の言葉も出ない。幸田さんは続けた。

「今日は朝からつむじ風でしょう？　風は人の心をザワつかせるので朝から気分が落ちつきませんでねえ……。なんとなく出がけまでバタバタしていて、矢庭《やにわ》にハンドバッグをひっつかんで出ようとしたら、娘に叱られましたの。今日は高峰さんと対談でしょ？　初対面だというのにそんなバサけた気持ちで飛び出していっていいの？　って。私、シュン！　としてしまいました。若いころは父に叱られ、年をとったら娘に叱られ、私って、いつまでたっても不器用なんですねえ……」

言葉とは反対に、口元には微笑が浮かび、くっきりとした目元が爽やかである。のっけから、心遣いの溢れる優しい言葉に、カチカチになっていた私の両肩からスッと力が抜けた。

アナウンサーにうながされて、幸田さんと私はマイクロフォンをはさんで向かいあった。対談のテーマは「和服について」だったが、何をどう喋ったかは一言も記憶にない。私はただ、目の前の、シャッキリと美しい幸田さんにみとれていた。

その後も幸田さんは次ぎ次ぎと見事な作品を発表し、私も映画やテレビで、「流れる」「黒い裾」「台所のおと」などに出演した。その中のどれか一本でも幸田さんは観てくださっただろうか？……いや、そんなことはどうでもいい。あの対談の日以来、わが家のガラス窓がカタカタと音を立てるたびに、私はいつも、「娘に叱られて、シュン！　としてしまいました」と、笑顔の首をかしげた幸田さんを思い出す。小憎らしいつむじ風も、いまではなつかしい思い出のひとつ、人間とは勝手なものである。

午前十時三十分

私には、ヒイキの魚屋さんが一軒ある。乃木坂を下って、繁華街に向かう手前の、エアポケットのような閑静な通りにポツンとあるその店は、こていで品数は少ないが、魚はとれとれの極上で、店のご主人とおかみさんのサッパリとした人柄も気に入っている。知人にその店を奨められて、二、三回続けて魚を買いにいったのは、もう十数年も前になるだろうか。

ある時、マナ板に向かっていたご主人が珍しく口を開いた。

「まいど、どうも。この御近所の方ですか？」

「いえ、麻布の永坂町からです」

「それは、わざわざ……。永坂には女優の高峰秀子さんが住んでいられますよね」

「私、その高峰です。高峰秀子さんのなれの果てです」

「ヘッ？」

ご主人が包丁を持ったまま棒立ちになり、おかみさんの目が点になって、三人は同時に笑いだした。

私が魚屋へゆく時間は、いつも午前十時をちょっとすぎたころである。

ご主人が赤坂近辺の料亭に予約された魚を配達したあと、店に戻って、仕入れてきた魚を店頭に並べるのが十時前、その魚も午前中にはほとんどが売りきれてしまうから、自分で魚を物色したければどうしても十時すぎには店に到着しなければならない。

週に二回、十時に出勤してくる運転手さんを待ちかねるようにして、私はたびたびこの魚屋さんに出向く。が、魚、魚、といってもわが家は老夫婦の二人暮し、おさしみ一人前、煮つけ用がふた切れ、酢のもの用に小鯵六匹などという、ごくささやかな買物だから、魚屋の店先に車を横づけにするようなお客ではない。店の手前十メートルほどの場所に車を停め、ぶらぶらと歩いてゆく。

或る秋晴れの日だった。サイフだけ持って車から降り、歩き出したとき、ふと、「高峰さん！」と呼ばれたような気がして振り返った。和服の女の人が立っていた。

「あ、やっぱり……ぶしつけに声をかけてしまって、すみませんでした」

「いえ……」

「私、ずっと高峰さんが大好きで、映画や、御本も読ませていただいています」

「それは、どうも……」

「まさか、こんなところでお目にかかれるなんて、びっくりしました」

「はァ……」

女優という職業の後遺症とでもいおうか、私はいまだにたびたびこうした経験をする。そんなとき、人みしりが強く、無愛想な私はへんにギクシャクしてロクな挨拶もできず、ただ当惑してしまうのだ。

女の人は藍大島の袷《あわせ》に白い半襟を細くのぞかせ、品のいいブルーグレイの紬の羽織を着て、両手をベビーカーのハンドルにかけていた。ベビーカーとも乳母車ともつかないふしぎな形をした車には男の子が乗っていた。何気なく男の子に目をやった私は、思わず息をのんだ。あまりにも愛らしく美しい男の子だったからである。

子供を生んだこともなく、子供とのつきあいもない私には年齢の見当もつかないが、二、三歳というところだろうか、幼児と子供の間くらいで、もし、この世に天使とか妖精が存在するならば、それはこの子ではないかしら！　とおもうほど愛らしかった。

私は眼鏡を外してベビーカーのそばにかがみこんだ。幼児は眼鏡を好かないらしい、ということを知っていたからである。

白いアンゴラのスエタアを着た男の子の頰はすき通るように白く、瞳はオニックスの黒、胸から下は、あわいブルーのモヘヤの膝かけでおおわれていた。

「もう、一人歩きができる筈なのに、風邪でもひいているのかしら？」

私は声に出さない言葉を呟《つぶや》き、眼鏡をかけて立ちあがった。私の手にあるサイフに気がついたのか、「お買物ですか？」と、女の人が言った。

「ええ、そこの魚屋さんに」

「そうですの、いいお店ですものね。私もたまに使わせてもらっています」

「じゃ、失礼します」

「どうぞ、お元気で」

二人はお互いに軽く頭をさげ、私は小走りに魚屋へと向かった。


それから二年ほども経っただろうか、私はまた、午前十時すぎに、魚屋の手前の、同じ場所であの和服の女性《ひと》に出会った。ほっそりとやせぎすの彼女は色無地の袷に短い道ゆき（コート）を羽織り、両手はやはり、ベビーカーのハンドルにそえられていた。いや、ベビーカーは以前のそれとは違って、小児用の車椅子とでもいうのか、大きな車輪のついた金属製のものだった。

「またお目にかかれたなんて……なんて偶然でしょう、嬉しいことねぇ」

彼女は、その言葉の半分を、車椅子の男の子に語りかけた。男の子は、何も言わずに大きく見開いた眼でまじまじと私を瞠《みつ》めていた。みられているこちらが恥かしくなるような澄んだ美しい眼だった。

毛糸のチロル帽をかぶり、胸から下は膝かけにおおわれているけれど、前からみるとひとまわりもふたまわりも成長して、チョンとつまんだようだった鼻の形も整い、もう子供というより少年に近い。私はわざわざ眼鏡を外す必要もないようだった。

「お魚ですか?」

「ええ、相変らずあのお店に」

「では、サヨナラしましょ。ね? おかあさんの大好きなおばちゃまよ、握手していただきなさい」

少年はちょっと眼を伏せ、膝かけがソロソロと動いて、ゆっくりと片手が上ってきた。左手だった。私はとまどいながらも左手で握手をし、上から右手をかぶせた。

「サヨナラ……じゃ、失礼します」

天使の瞳、左手、そして車椅子……それらがゴッチャになって、魚屋へ向かう私の胸が、コトコトと音を立てていた。

　秋も深くなった或る朝、寝室のガラス窓を開け放つと、鼻にツンとくるような冷気が流れこんできた。

　昨夜から降りだした雨はやんでいたが、庭一面に落葉が散り敷かれて、一夜で冬になっていた。灰色の雲を押しのけるようにして、弱々しい陽の光がのぞいている。私は押入れからスペアの羽ぶとんを出して、ベッドの足もとへ置いた。

「今日の夕食はなにかあたたかい鍋ものでも……ちょうど運転手さんが来る日だから夫の好きな魚スキにしよう……」そう決めた私は洗面をしにバスルームに駆けこんだ。

魚屋のご主人に相談にのってもらって魚を決め、おかみさんに代金を払い、マナ板に向かったご主人が魚スキ用に魚をさばいてくれるのを待っていた私の眼の端に、キラッと銀色の光が走った。

道路の向かい側に、銀色の車椅子が停まっていた。

「あ」

と、思うと同時に、私の足はスタスタと道路を横ぎっていた。

「しばらくでしたね」

「ほんとうに……三年……になりますかしら？」

「三年……早いものですね。私、すっかり白髪になって、おばあさんになりました」

「お互いさまです。私もこの車を押しながら、ふうふう言うようになりましたもの」

「………」

いまの言葉を、車椅子の少年はどんな気持ちで聞いただろう？……が、彼はカラリとした笑顔でいたずらっぽく母親を見上げた。首にクルリと黄色いマフラーが巻かれ、たっぷりとしたタータンチェックの膝かけがあたたかそうだった。「大丈夫なのだ。この母子の間は蟻一匹入りこむ隙間もないほど親密な紲《きずな》で結ばれているのだから。他人の余計な気づかいなどは要らぬこと、あまり神経質になるのはよそう」

彼は母親に向けた笑顔のまま私を見ると、膝かけの下からソロリと左手を出して私にさしのべた。三年前に握手をしたことをおぼえていたのだろうか？……車椅子に寄った私の左手が彼の手をとらえた瞬間、椅子から背を起こそうとしたらしい彼の手が逆に私の手を強く引きよせ、私は重心を失って前にのめった。私の両腕が自然に彼の背中にまわり、私は無意識の内に、いい子、いい子、をするように彼の背中を撫でた……。

肩幅は私とほとんど同じくらいに広くなり、背骨は少年のかぼそさを越えて、しっかりと青年の骨格に近づいていた。

私は、ドキリとしてあわてて身を起こした。なんと形容したらいいのかわからないが、してはいけないことをしてしまったような、例えば、とても大切なものに汚れた手で触れてしまったような、ふしぎな感情だった。

私は彼の左手に膝かけをかけると、

「じゃあネ、サヨナラ……ごめんください」

とおかあさんに頭を下げると、待っていた車に向かって歩きだした。

「高峰さん、魚……魚……」

と、白いビニール袋を持ったおかみさんが追いかけてきた。


十一時をまわった六本木近辺の店々は、ようやく開店の準備にかかっていた。ジーパン姿の青年たちが、道路わきに停めたトラックの上からリースの観葉植物の鉢を抱えおろしていたり、シャツの腕をまくりあげた若者が、ビールや清涼飲料水の入った木箱をひょいとかついで店内に運び入れている。若者たちの足はいずれも汚れたスニーカーでガードされ、力強く大地を踏みしめている。……あの少年も、いつかは車椅子の上で「青年」に成長していくのだろうか？……。今度、いつかまた、あの母子に会うことがあったら、私はなにか余計なことを言ってしまいそうで、こわい気がした。

「車椅子に乗っている理由」を聞いてみても、それがいったい何の意味を持つ言葉だというのか、「おかあさんの代りには誰が車椅子を押してくださるの？」とたずねてみたところで余計なお世話だし、少年の年齢を知ったとしても、私になにかしてあげられる筈もない。

他人への干渉はいらぬことなのだ。私は、もう、あの母子には会わないほうがいいのだ、とおもった。そうだ、そのほうがいい。

車椅子があの道を通るのはいつも十時半ごろだった。それならば、私が十時すぎに魚屋へ行くのをやめればいい、やめれば、あの母子に会うこともないだろう。

魚が必要なときは朝の内に電話で予約をしておいて、午後にでも取りにいけばそれでよろしい。

「サヨナラ」

甘ずっぱくて、少し苦いおもいの私を乗せて、車は永坂の自宅に着いた。

ウー、うまい

「おたく、味噌汁、つくる？」

「つくるわよ、一日に一度は」

「おたく、味噌汁、つくる？」

「もちろん。うちの主人の朝食は、味噌汁、トースト、ハムエッグ」

「おたく、味噌汁、つくる？」

「あたりまえよ、日本人ですもの。あなただってつくるでしょ？」

こうして聞いてみると、ほとんどの家庭でいまだに日本食の定番である味噌汁をつくっているらしい。いまだにというのはヘンだけれど、世界有数の金持国となった日本には、世界中から種々の食材が輸入されてマーケットに溢れひしめいているにもかかわらず、味噌汁だけは日本人の嗜好にしっかりと根をおろしたまま頑張っているところがスゴイ。

日本国へ来ると、味噌と醤油の匂いがする、と西欧の人々は言うが、味噌と醤油はそれほど強烈な個性を持っているのだろう。

世間の奥さんがたは、あけてもくれても夫や子供たちのためにせっせと味噌汁づくりに励んでいるらしいけれど、私は味噌汁をつくらない。わが家には「味噌」という食材が存在しないのだ。したがって、味噌汁をはじめ、味噌煮、どて鍋、味噌でんがく、味噌ぞうすいからモロきゅう、味噌漬など、味噌を使う料理とは全く無縁である。

それでも、私が女優だったころは三人のお手伝いさんと運転手サンがいたから、食事どきにはいつも美味《おい》しそうな味噌汁の匂いがただよっていた。私が、ものほしげにチラと台所を覗くと、ときおり彼女らのおこぼれが食卓に現れることがあったけれど、この十数年来、老夫婦の二人暮しになってからはその楽しみもふっつりと無くなった。

私は、美味《うま》い味噌汁と漬けものさえあれば、他のオカズはいらない、というほどこの二品を愛しているけれど、わが家の夫・ドッコイはこの二品を徹底的に嫌悪、排斥し、味噌の煮える芳香を「クサイ！」という一言で切り捨て、漬けもののすべてを「ドブ！」ときめつける。人間だもの、スキ、キライに理屈はない。スキなものはスキ、キライなものはキライなんだ、という気持ちは私にも分らな

くはないから、夫がそれほどイヤがるものを家に置かなくても、味噌汁や漬けものが恋しくなったら私一人で外食をするときにたっぷりと食い溜めをすればそれでよろしく、一件落着である。

以前、夫が作った映画の主役をつとめたこともある俳優サンは、お歳暮の季節になると必ず京都の漬けものを送り届けてくれる。樽をあければ、漬けもの特有の匂いがするのは当然のことでふしぎはない。はじめの内、夫はジロリと一瞥しただけでサッサと書斎に退散したが、次には大げさに鼻をつまむようになり、ついには「漬けものは送ってくれるなと礼状（？）を出したのに、また来たか、あのバカ！」と叫ぶようになった。美味しいものを送ってバカと言われてはたまったものではない。以来、その俳優サンの呼び名は「あのバカ」に定着してしまった。味噌、漬けもの以外にも、独断と偏見に満ちた夫の偏食度はすさまじく、食事の献立にゆきづまった私がブーたれると、テキはただちに、

「ボクはおばあちゃん子だったから」

という一言で切り返してくる。

幼児のころ虚弱だった彼は、当時千葉県に住んでいた祖母にあずけられ、わがまま放題甘え放題で育ったらしい。

「あれはイヤ」

「そうかい、ハイハイ」

「これはキライ」

「そうかい、ハイハイ」

と、おばあちゃんが甘やかしたばっかりに「自分は無類の偏食者になり、ついでに頭デッカチの頑固ジジイになり果てたのだ」と、夫はいまでも信じているらしい。

「子供を甘やかす」という親のありかた、祖母のありかたには大きな教育が含まれている、と私はおもう。例えばしつけにしても、頭ごなしに叱ってばかりいては幼児はおびえて萎縮してしまう。甘えさせ、安心させながら、するべきしつけだけは怠たらない、というのが日本の伝統的な家族の姿だった筈である。しかし、現在は家庭の事情が大きく変化し、ほとんどの家族は分裂し、一人っ子が多い。夫婦共稼ぎでは充分に甘えさせたりしつけをする余裕もない。人間としての基礎的なルールも知らず、孤独と絶望におちこんだ子供は野放しにされた犬の仔や猫のようにさまよい、果ては情緒障害をおこして人に嚙みついたりする。哀れな子供たちである。

わが家の夫が九歳になったとき、おばあちゃんが亡くなった。横浜の実家に戻された夫はいきなり五人の兄妹の中に放りこまれ、兄妹のいじめにあい、偏食をしては皿や小鉢を取りあげられて叱られた。そんなとき、甘ったれの夫はただ母親の姿を追い、袖にすがって息をひそめていた、という。が、夫はまたこうも言う。

「喧嘩をしても叱られても、父母や兄妹と一緒にいるということは、子供に絶対的な安心感を与えるものなんだよ」

と。

私は四歳で親や兄弟と離れて、養女にもらわれたから、兄弟間の愛というものを知らないし、家族の団欒の経験もなく、父母のしつけも受けていない。五歳で映画界に入ったが撮影所にいるのは明治生まれのおじさんやおばさんのみで、家族といえば、小学校へいったこともなく、辛うじて自分の名前が書けるだけ、という養母がいるだけだった。

それでも養母は、子供の私に幾つかのことを教えてくれた。ごはんを食べるときには、「いただきます」。お箸を置くときは「ごちそうさま」と言うこと。当時は貧乏だったからロクな食材も買えなかったが、養母はとぼしい材料をチマチマと工夫してオカズを作った。心をこめて、美味しく作れば私が食べるだろう、と養母は信じていたのだろう。味噌汁の具が、大根と油あげ、里芋と長ネギ、わかめと豆腐、というようにいつも二種類だったのも、いま思えば、私が偏食をしないようにとの心づかいだったのかもしれない。こういうことは文化でもなんでもなく、誰もが身体で知っている日常の生活だった。六畳間こっきりのアパート暮しで流し場は一メートル四方もなく、ガス台はひとつという小さな台所だったから、使うそばから片づけていかなければならない。養母はきれい好き、というより癇性に近い人だったから、台所はいつもきちんと清潔に片づいていた。

養母のきれい好きは、そのままそっくり養女の私に受けつがれて、現在も私はマナ板を消毒し、ガス台を磨きあげ、「いいかげんにせい！」と夫に怒鳴られながらも、阿修羅のごとく家中を駆けまわって、日々、掃除に忙しい。それでも不潔よりは清潔のほうが私にとっては大切なのだからしかたがない。そして、食べもののスキ、キライが全く無い、ということも、養母が私に残してくれた大きな財産だと思っている。とくに、子役から女優へと成長してからは、そのありがたみが身にしみた。

映画やTVで活躍している「女優」のイメージというと、ええカッコをしてジャグジーなどのある豪邸に住み、さぞ美味しいものばかり食べているのだろう、と、世間のみなさんはお思いだろうが、聞くと見るとは大ちがい、撮影中の食事はエサを通りこして、再びつっ走るための燃料補給に近い味気なさである。

一時間の食事時間中には、衣裳の着替えや手入れ、化粧なおし、その間にインタビュー取材なども割りこんでくるから、食事のための時間などはほとんど無い。メークアップ用の鏡台の前に坐ったまま一番手っとりばやいラーメン、ソバのたぐいをあたふたとすすりこむということになる。ロケーション撮影の現場での昼食は、ハンコで押したごとく駅弁かスーパーマーケットで調達されたお弁当。徹

夜仕事には握り飯か、のり巻き、菓子パンのたぐいが支給され、手すきの時間に勝手に食せ、という案配になっている。一見、華やかでもしょせんは肉体労働者だからよほど頑健な身体の持ち主でなければつとまらず、支給される兵糧にしてもスキだのキライだのとぜいたくを言っていては身が持たない。したがって、売れっ子の女優ほど忙しく、食べるヒマがないから四六時中おなかを空かせて慢性欲求不満という病気にかかっているということである。女優時代、ロクなものも食べられなかった私は、あわよくばどこかの大金持ちの男性と結婚して、食前食後にも山海の珍味とやらを食い狂い、百貫デブになってやろう、と、ひそかに企んでいた。が、私の結婚相手となった貧乏書生の、

「ボクの最高の御馳走は五目ラーメンです。高いから月給日にしか食べられないけど」

という一言で見事にズッこけ、百貫デブへの夢はあえなく消え去った。

そんな私たち夫婦が、いつの間にかいっぱしに美味いの不味《まず》いのとゴタクを並

べられるようになったのは、生前親しくしていただいた二大グルメ、梅原龍三郎画伯と谷崎潤一郎先生のおかげである。

鯛のおつくり、ぼたん鱧《はも》、と、日本料理びいきの谷崎先生は、「中国料理ってのは、どうもゴミ溜めみたいですなァ」と仰言《おつしや》り、キャビア、フォアグラには目がなく、フカのヒレの煮込みをこよなく愛した梅原画伯は、「日本料理は、ひたすら風を喰っているようなものだな」と仰言って、頑として御自分の嗜好を押し通されたが、両先生の間をピンポン玉のように往復して御馳走になっていた私たちは、超一流のゴミ溜めも風も充分に堪能させていただいてシアワセだった。

前にも書いたように、私にはスキ、キライがないから何でもありがたくいただく、が、実をいえば、その何でものどこかに少々注文がつく。魚なら砂ずりと呼ばれるおなかの部分。牛なら絶対に舌か尻尾。とりなら皮かキモ。豚なら豚足。羊なら骨つきシャンク。と、あまりお上品とはいえない好みで、せっかくの梅原、谷崎、両先生の優雅にして高度な食味教育の、かげも形も残っていない。夫は、

「なんでも食うという人は味覚音痴なんだ。偏食にはそれなりの個性的な文化がある。育ってきた歴史があるんだ」

と胸を張るが、それなら私は穴居人間の味覚から一歩も進歩していない、ということで、なんとなく釈然としない気持ちである。

映画やステージの脚本書きをなりわいとする夫は、所用で外出をする以外は日がな一日ヤモリのごとく書斎の机にへばりついている。

起床は午前九時前後。朝食は、食卓いっぱいに新聞を広げながら、たっぷりのカフェオレとヨーグルト、リンゴ半分。ランチタイムは十一時半から十二時の間である。「食べすぎると頭がボケて仕事にならない」という夫は重いものを摂らず、もっぱら、うどん、茶ソバ、スパゲティ、ホットチーズサンドイッチ、雑炊などをくりかえしている内に一年が経つ、という寸法になっている。メニューがワンパターンだから、例えば雑炊一椀にしてもその都度目先を変えなければアキてしまうから、数種類がところは頭の中にインプットしてある。が雑炊は中に入れる具をどう変えてみてもしょせんは雑炊、やはりベースになる出汁《だし》のうまみが決めてとなる。

日本食の場合、だしさえしっかりしていれば何とか格好がつくから、とにかく上等の昆布とカツオブシをケチらず、濃いめにとった八方だしを冷蔵庫に常備してある。出汁の製作にかかるとき、鍋を火にかけたらまず日本酒（辛口）をダボダボと入れて煮切るのがわが家流といえばいえるかもしれない。だしを引いたら調味料をいっさい加えないほうが、煮もの、おひたし、うどんのつゆなどに使いまわしがきいて便利。雑炊の場合にもこの八方だしを適当に薄め、塩や醬油を加えるだけで、まあまあの味になる。

私が作る雑炊の中で、たとえば「もずく雑炊」は、細くて上質のもずくをハサミで一センチほどの長さに切り、ザルに入れて流水でヌメリを洗いながしてから水を切っておく。鍋のだしが沸いたら冷やごはんを入れ、塩少々で味をつけたところへもずくを加えてサラリとかきまぜて出来上がり。生ナメコを加えるとしゃれた感じになる。出来たてアツアツを椀に盛ったら、みつばかセリのみじんをたっぷりと散らせば、ちょいと小料理屋の感じで悪くない。

次は牡蠣《かき》雑炊の御紹介。

二人前として、生牡蠣四、五個ほどを熱湯で茹で、水を切った牡蠣をこまかく刻む。これは私の好みで、雑炊に牡蠣がベロリと入っているのは見た目も悪いし、生臭いからである。だしが煮立ったら、塩か醤油を好みでチラリ。冷やごはんを入れてフツフツいってきたら牡蠣を加え、ひと煮たちして出来上がり。牡蠣の匂いが足りなければ、さっきの茹で汁を加えてもいい。椀に盛った雑炊の上から、刻んだアサツキ、貝割れ大根などをたっぷりと散らすのをお忘れなく。海の好きな夫・ドッコイは「この味は海浜の散歩だ」などとしゃれたことを言いながら雑炊をすったあと、ゴロリとソファにころがって雑誌をめくる。岩礁のトド御満腹といった風景である。

これらの雑炊は、「お茶漬けはキライ！」という偏食夫のためのメニューであって、ランチはゆっくり、たっぷり、しっかりと楽しみたい私にとっては全くお呼びではない。そこで、ときたま夫・ドッコイが外出をしたり旅行中のときは「待っていました、私のランチタイム！」とばかりに外へ飛び出す。さて、何を食べようか？　うなぎ、てんぷら、おすし……イタリー、フランス、ドイツ料理に中国料理、と心は千々に乱れてなかなか決まらない。とはいうものの、私はとうに七十歳を越えた御老体、それらをハシゴするほどの元気はないし行動範囲も限られている。一流といわれるホテルには上等のコックや板さんが揃っているし、雰囲気、サーヴィスにも安心感があるので、ついホテルへと足が向いてしまう。

その昔、ライトの設計によるあの懐かしい帝国ホテルのグリルへ行くと、古川ロ

ッパさんという、これも一流のコメディアンで超食いしん坊がいつも一人で御馳走を食べていて、

「デコちゃん。美味いものを食べるときは一人っきりに限るよ、ウン。気が散らないからネ。ウー、うまい」

というのが口ぐせだった。当時まだ若かった私は「ふうん、そんなものかしら？」と小首をかしげたけれど、このトシになってはじめて「ホント、ホント」と納得がゆく。なにもかも忘却のかなたに追いやり、ひたすら御馳走にのめりこむというこのぜいたくさ！　まさに「ウー、うまい」である。

美味しいものをシッカリと胃の腑におさめたあとは、ラウンジに席を移してカプチーノをすすりながら、ちょっとキザですが「沢木耕太郎短篇集」などをハンドバッグから取りだしてチラリと頁をくる。これはまだらボケ進行中の脳ミソへの栄養補給である。

え？　「今日のメニューはなんでしたか？」ですって？

「ハイ。うなぎの白焼きと鯛茶づけ。それから丼山盛りのお漬けものと、しじみの味噌汁をいただきました。ヒヒヒ」

ウー、うまい！

きのうの「人間」きょうの「人」

私は北海道の函館で生まれた。

大正十年の函館の大火事に続いて、生母の死など、もろもろの家庭の事情の末に、首からゴム製の乳首をブラ下げた幼女の私は養母に手を引かれて上京した。

生母の顔もウロおぼえ、函館の印象もほとんどないままに、東京は自然に私の「故郷」になった。

東京での最初の住所は「鶯谷」だった。五歳で映画界に入ってからは、「蒲田」

「大崎」「大森」「千駄ヶ谷」、世田谷の「成城」、芝の「白金三光町」「麻布」と引越しを重ね、家も九軒建てた。そして現在もまた「麻布」にへばりついて生きている。

思えば、大正、昭和、平成、と、三つの時代を、私は東京という土地と共に生きてきた、ということになる。

第二次大戦の、あの空襲のさなかでも、私は爆弾の音を聞きながら疎開もせずに成城の家に頑張っていた。疎開した荷物が宇都宮で焼けてしまったので、わが家に残ったのはモンペと蚊帳だけになったが、それでも私は東京を離れる気など毛頭なかった。

東京は生命をかけるほど居心地よく温かい土地柄でもないのに、なぜあれほど「東京」に執着していたのだろう？　とふしぎだが、ただひとつ思い当る理由は、「私を可愛がってくれた知人友人が同じ東京に住んでいたから」という単純なことだったらしい。

猫は家につく、犬は人につく、というけれど、私は犬に近いのだナ、ということが、いま突然に分った。私は生来ヘソ曲がりの犬女だが、当時は私の周囲《まわり》にも「ウソとお世辞は大嫌《でえきれ》え」という、いささか変人めいた人間が大勢いた。

料理屋や商店の主人にしても、それぞれの家業に誇りと自信を持っていて、個性が強く、というより歯ごたえがありすぎる頑固者も多かったが、それもまた江戸ッ子の御愛嬌のひとつ、と認める側にも、情を惜しまぬ心のゆとりがあった、ということだろう。

私が長年通い続けた呉服店の主人も、偏屈が角帯をしめたようなオジサンだった。小体《こてい》な店のウインドウには一反こっきりの結城《ゆうき》がサラリと飾られ、土間に置かれた水鉢にはいつも濡れ濡れとした茶花が美しかった。

三畳の店先に四角に坐りこんだオジサンは、眼の前の客がせがんでもなかなか呉服戸棚を開けようとはしなかった。

この店、値段はとびきり高価《たか》いが、センスもとびきり上等だからおとくいさんも多く、「買って、くるぞと勇ましく」出かけていっても、「本日はあいにくお見せ出来る品物は御座いません」の一言で追い返されることもある。と思うと、ある日ガラリと戸口を開けたとたんにオジサンの手が戸棚にのびて、スッと一反の反物を取り出すこともある。ちょっと得意気なオジサンの笑顔より先に、広げられた反物の、あまりに見事な色あいに、柄ゆきに、客は思わず歓声をあげたものだった。裏地、裾まわし用の布地を選び、色見本帖をひろげて染めに出し、ようやく反物が仕立てにまわって、着物が出来上がるのは三ヶ月も先のことだったが、玄関さきに、「ごめんください。増田屋で御座います」というオジサンの声が聞こえるのを、私たち和服好きの女はどれほど待ちわびたことだろう。

オジサンの趣味は書画骨董だった。とくに江戸切り子や古いバカラなどのガラス類に首ったけだった。古いガラスは鉛の含有量が多いせいか、渋く深い輝きが沈んでいて、オジサンが扱う一点ものの呉服とどこか共通していた。呉服の話にはなかなか乗ってこないオジサンだが、ことガラスの話となると眼尻が下がって饒舌になり、あげくは折角手に入れたお宝の飾り皿やワイングラスなどを、気前よくポン！　とくれるのがオジサンの唯一の道楽だった。

ある日、オジサンが呉服ならぬ四角い木箱を抱えてやって来た。箱から現れたのは豪華なバカラの大鉢だった。

「オジサン、こんな立派なものをくれちゃ商売あがったりだヨ」

と、びっくりする私に、オジサンはニコリともせずにこう言った。

「それとこれは別のことでさァ。モノはねぇ、ところを得てこそ生きるというもんでしょ？　コイツがお宅へ来たいって顔をしたから持ってきただけ。ま、置いてやっておくんなさいよ」

ヒスイのかんざしと紬《つむぎ》の着物が似合った奥さんに先立たれたオジサンは、みるみる内にひとまわりほども小さくなって、アッサリとこの世から消えてしまった。

オジサンのような江戸ッ子には、もう出会うこともないだろう……と思っている内に早いもので十余年がすぎた。オジサンと別れてから私はだんだんと和服を着なくなってしまった。私の和簞笥の中のほとんどは「増田屋」の着物である。増田屋の着物を着ればオジサンを思い出して悲しくなるから……などというほど私は優しくもないし、ロマンチックでもない。それならなぜ？　と聞かれれば「なんとなく面白くないから」としか答えようがない。答えかたのない答えというものも世の中にはあるものなのだ。

今年の春、わが家の庭木が繁りすぎたので、出入りの植木屋さんに来てもらった。久し振りに会った親方の「植金さん」は今年七十九歳だそうだが元気でなつかしかった。

「木はねぇ、繁るばかりが能じゃありません。たまには思い切って枝を払って風を通したり、陽に当ててやらないと可哀想ですよ」

と言いながら、丹念に下見をして帰った。

三日後の夕方、外出先から戻って庭に目をやった私は、悲鳴を上げて棒立ちになった。私の大切な庭木のことごとくが、木蓮も柿もライラックも、そして椿もあじさいもくちなしも……文字通りの丸はだかになって突っ立っていたからだった。

「あの名人親方のした仕事だもの、これできっと大丈夫なんだろう」

と、夫に慰められても、私はスカスカになった庭が悲しかった。が、一ヶ月たち、二ヶ月たつ内に、庭木はいっせいに若々しい枝をのばし、鮮やかな緑の葉をつけはじめて、庭は生き返った。やれやれである。

ある朝のこと、隣家の奥さんが、私の家の塀の外に立っている一人の老人を見かけた。誰かと思ったら「植金さん」だった。植金さんは塀ごしにじっと植木を眺め、

「うむ、うまくいっている」

と、一言呟いてスタスタと立ち去った、という。

自分の仕事の結果を人知れず確かめに来た七十九歳の植金さん。

「ああ、江戸ッ子はまだ生きていた！」

私はこの話を聞いて心底感動した。

昔の東京にはこういう職人さんが大勢いた。そういう人間の集まりが東京を作っていたのだ、と思う。

今年の夏はまさに猛暑だった。

東京には緑が少ない、というけれど、そうでもない、と私は思っている。とくに最近は予算の関係か係のお人の美意識のせいか知らないが、やみくもに花や木が植えられて押し合いへし合いの大混雑である。来る日も来る日も一滴の雨も降らぬ酷暑の中で、大木の街路樹だけは辛うじて頑張っていたけれど、ひよわな若木たちは灼熱の太陽に灼かれて大火傷を負い、枝ごと枯れてゆく様子が哀れだった。人間なら冷気を求めて海や山へ逃げ出すことも出来るが、大地に足を押さえこまれた木々は、「お水頂戴！」と叫ぶ声もなく立ち往生するより他はない。

東京には見境もなくセッセと木を植える人はいても、植えた木を育てる人はいないらしい。「枯れた木は抜き捨てて、元気なやつを植えれば一件落着じゃないか」というのが、現代《いま》の人の考えかたかも知れないが、植物好きの私にはとてもついてはいかれない。

東京には、「人」は溢れるほど居るが、「人間」の数はいよいよ少なくなるばかりである。

アコヤ貝の涙

モーパッサンの小説に、「頸飾《くび》り」という名作がある。

一晩の夜会用にと友人から借りたダイヤモンドのネックレスを、彼女は失ってしまう。彼女は宝石店を走りまわり、同じようなネックレスを長い年月のローンで買い求めて友人に返済する。そして、その日から彼女の苦難の日々がはじまる。裁縫、子守、洗濯などで必死に稼ぎ出す賃金をせっせとローンに入れ続けて十数年が過ぎる。身も心もボロボロになり、ローンがやっと終ったとき、彼女ははじめてその話を友人に打ち明ける。友人は言った。

「まあ、あなたって、なんて律義な御方、お貸ししたダイヤは贋物《にせもの》だったのに」

作者はそこでプツンと糸が切れたように筆を置いている。「あとのストーリーはどうぞ読者の御随意に」という作者の皮肉な眼がキラリと光っていて、小憎らしい小説である。

美しい宝石に憧れる女心。たとえ借りものでも、一度はわが身を飾ってみたいという女性の虚栄心。そして、そのあと十数年にわたって彼女を苛《さいな》み続けた悔恨、憎悪、辛酸……、この小説には女性のすべての心理がギッシリと詰まっている。

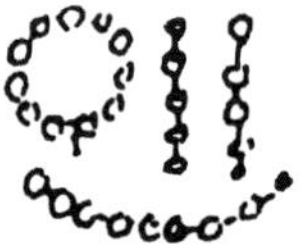

西欧の女性の憧れは「宝石と毛皮」というのが通り相場になっている。人気の

宝石は昔も今も変らないゴージャスなダイヤモンド。次いでエメラルド、サファイア、ルビーなどの宝石が続く。そして、パール。

御木本幸吉翁は、「世界中の女性の首を俺の作った真珠で締めてみせる」と豪語した、という伝説があるけれど、表情が豊かで個性の強い西欧の女性は、ちょっとやそっとのヒスイや真珠では物足りなく思うのだろうか。いつだったか銀座の宝石店で、見るからに裕福らしい大柄な外国婦人が真珠のネックレス選びをしていたけれど、どれも「ヴォリューム が足りない」という理由であきらめた様子だった。繊細微妙な色合いを持つ日本の真珠は、やはり東洋人のきめの細かい肌にこそ、しっくりと馴染むようである。

年頃の娘さんが、「そろそろアクセサリーを」というとき、まずはじめに手をのばすのは「真珠のネックレス」だろう。優しく清らかな気品にひかれること、使用範囲が広いこと、値段に幅があって買いやすいこと、などがその理由だとおもうけれど、もうひとつ、私たち日本人は無意識の内に、真珠に「生命《いのち》」を感じるから、ではないかと私はおもう。

真珠は、母なるアコヤ貝がその柔らかい体内で苦しみぬいて育《はぐく》んだ末に、ホロリと落としたアコヤ貝の涙である。真珠を身につけるとき、口では表現できない、ある愛《いと》しさを覚えるのは、私だけだろうか？

最近は、八ミリより九ミリ、九ミリより十ミリと、粒の大きさがエスカレートしつつあるようだけれど、真珠は大粒なだけが能ではない。小粒で良質なチョーカーをさりげなく首に巻いている若い女性は、見る眼に清々しく、好感が持てる。真珠も宝石も、これみよがしの装飾過多は、かえっていじましく、みすぼらしいものである。

私は五歳で映画界入りをした。子役から少女俳優になり、気がついたら女優になっていた。もろもろの家庭の事情から、三百六十五日あくせくと働き続けなければならなかった私は、単なる金銭製造機で、二十歳をすぎても、腕時計一個、アクセサリーひとつ持っていなかった。たとえアクセサリーをつけてみても、出てゆく場所もヒマもなく、つまり、必要がなかったのである。そうしたある日のこと、私は突然、生まれてはじめて、自分自身のために、「何か美しいもの」を買ってやりたくなった。溜りに溜ったストレスの大爆発である。美しいものの「何か」は、なぜか真珠であった。上等で高価なパールのネックレスには、もちろん手が届くはずがない。というより、どうせ持つなら自分の納得のゆく玉で、この世にたった一本しかないネックレスを自分で作り上げようと思いついたのだった。そして、まず、センターになる大きな玉を一個だけ買った。とびきり高価《たか》かったけれど、私は「今日までお疲れサンでした」という意味で張りこんだ。その後は、一本の出演映画が完成したとき、または演技賞を受けたときなどに、「お疲れパール」として、ある時は二個、ある時は四個、六個、と同色の玉を買い足していった。モーパッサンのローンほどではなかったけれど、ひとすじのネックレスとして完成するまで、五年の余がかかった。三十歳で結婚した私の、レースのウェディングドレスの胸を飾っていたのが、その「お疲れパール」である。

現在七十歳の私は、チョーカー、グラデーション、ショート、ロング、など、何連もの真珠のネックレスを持っている。が、その中でも私は、「お疲れパール」が最高にいとしく、なつかしい。

ただ今自分と出会い中

私は毎朝、起きぬけにまず台所へ直行、夫のおめざのヨーグルトを用意し、次いでサイフォンにコーヒーを仕掛け、ミルクとコーヒーカップを温める。この手順は十年一日、変らない。いや、変らないはずだった。

ところがある朝、台所へ行ったは行ったが、何をどうしていいのかサッパリわからない。手は脳の出張所というけれど、脳からの指令がないから両手はダラリと下がったままである。私は呆然とつっ立ったまま呟いた。

「いよいよ来たか！　こりゃえらいこっちゃ」

私がはじめて「老い」を感じたのは四十五歳、髪に白髪を発見したときと、「ドッコイショ！」という思いがけない掛け声が唇から飛び出したときである。以来、坂道を転げ落ちる勢いで老化が進んだ。もの忘れ、持久力の低下、一日二個平均で出現する顔や手のシミ。歯医者通いも頻繁になった。私より一歳年下の夫は、もともと身体の出来がヤワなので私におとらず老化も激しく、夫婦そろって老化競走である。

私は五歳のときから五十余年間、映画女優の道をただひたすら突っ走ってきた。その間無遅刻無欠勤だけが自慢で、つまり「健康」だけが取り得だった女である。が、そんなことはカンケイない。鬼のような女でもいつかは老いる。これは老いてみなければ分らないことである。

人間の性格は、躁と鬱のどちらかに分かれる、というが、私は生来、重度の鬱で、一見ハデハデの女優業には向かない性質である。女優生活の五十余年、私はただ「高峰秀子」というスクリーンの虚像につきあっていただけで、本当の自分との出会いを故意に避けてきたと思われる。実像と虚像は仲が悪く、実像は自分を押し殺し、ゴマカしながら、なんとかつじつまを合わせ、虚像はギクシャクとふてくされてジャーナリストの誤解を呼んだ。

私がようやく「自分らしい」ものになったのは、二十年ほど前からだろうか。脚本家の書いた台詞を喋るのではなく、自分の言葉で書いた雑文集も次ぎ次ぎと世に出た。借金もなく、平和な毎日である。そこへ「両手ダラリ」ときたからショックであった。ショックではない、老いは順序をふんで確実にやってきただけである。今後も私の背中にオンブお化けのようにピッタリと貼りついて、私をイビり続けることだろう。老いは寸時も休まずにそのとがった爪の先で私の背中をつつく。作り慣れた料理の手順を間違える。腕時計を二個つけて外出する。「老いる」ということはなんと「忙しいこと」でもある。動作その他がすべて緩慢になるから時間がかかる。以前は三つ出来た用事が一つしか出来なくて「時間が足りないよゥ」とため息をつくこともしばしばである。

いつだったか、司馬遼太郎先生に、「もう、生きてるのアキちゃった」と言ったら、「そうかナァ、世の中そんなにアキることもない。例えば一人の人間をじいっと見ていたって結構面白いもの」というお返事がかえってきた。司馬先生の言葉は本当だった。私は現在、七十歳を越えて、日一日と老いてゆく自分に出会っている最中である。ボケ進行中の自分をじっと見ているのは結構面白い。次はどんなポカをやらかすだろうと、スリルもあってワクワクする。

「ただ今自分と出会い中」というこの文章を雑誌に発表して以来、女優がボケるのがそんなに珍しいのだろうか、「もっとくわしく書け」の、「ボケ日記を発表し

ろ」のと、注文が殺到したのでビックリした。

そこへまたまた「新潮45」の編集部から電話が入り、「二十五枚から三十枚ほど、どうでしょう」という衝撃の一言である。

「私のボケはいまのところ原稿用紙にして三枚半くらいです。まだ三十枚もボケちゃいませんよッ」

と、憎まれ口を叩いて受話器を置いたところへ、わが家の亭主がドタドタと二階から駆けおりてきた。

「大変だ。ボクも遂にキタらしい。いまカミソリ持ってヒゲ剃ろうとして鏡を見たら、カミソリと間違えて歯ブラシ持ってた。歯ブラシでヒゲが剃れるか！　あんまりビックリしたんでちょっと御報告まで」

と言いざま、またドタドタと階段を駆けあがっていった。が、そんなことくらいで女房の私までビックリしていたらとても身がもたない。この冬のホノルル滞在中の数々のハプニングだって相当なものでした。「年寄りはクサイ」と言っては日に何回もシャワーを浴び、「おしゃれをしないとジジムサイ」と、とってお きのイタリー製のTシャツを着たのはいいけれど、うしろから見たらポケットがついているではないか。「今日はまた変ったシャツですねぇ」と言ったらさすがにギョッとして、そそくさと着なおしていたけれど。それから、ひょいと台所へ入ったと思ったら、私が煮物用にと作っておいたコブとカツオブシのだし汁を麦茶と間違えて飲んじゃったし、眼薬と間違えて薄荷入りのうがい薬を眼に注《さ》して飛び上がったし、そうそう、外出どきには片時も離さない大事大事のセカンドバッグを中国料理店の椅子の上に置き忘れてきたときはさすがにショゲかえり、デパートに走ってコーチのショルダーバッグを買いこんで、肩からはすかいに掛けた姿は、どうしたって白髪老眼鏡にはそぐわない幼稚園スタイルだったわねぇ。

ま、この私だってマウイ島の火山のてっぺんにハンドバッグを置き忘れてスタコラ帰ってきちゃったこともありますから、あまりひとのことは言えないけど。

結婚以来四十年も一緒に暮していると、夫婦はなんとなく似てくるものらしいけど、同じようにトシをとって（当りまえダ）ボケ具合まで同時進行するとは思いもかけないことだった。「アホらしい、考えたってしようがないことを考えるより、夕食の支度支度」と、近頃とみにたてつけの悪くなった身体をガタピシさせながら、私は台所に立った。

女にとって「台所仕事」は多分にボケ防止になる作業だと私は思っている。包丁と火を使うには終始緊張感がともなうし、気をぬいて作った料理の味はちゃんと気がぬけ、急いで作る料理の味は荒くて不味く、そのときの料理人の気分が即、結果となって現れるから油断がならない。献立をきめ、頭の中で調理の手順を組みたて、材料を手ぎわよく捌《さば》きながら、一品、また一品と料理を完成させてゆくのはなかなか気分爽快なものだけれど、例の「両手ダラリ」以来、細かい仕事をこなしてゆくかんじんの十本の指さきの動きが鈍くなり、調理のテンポが乱れてきた。冷蔵庫の扉を開けてはみたものの、「何を出すんだっけ？」と首をひねりながら扉を閉めるときの、言い知れぬ空しさは経験者でなければ到底理解ができないだろう。

冷蔵庫といえば、私が敬愛する、亡き谷川徹三先生の「冷蔵庫の一件」を思い出す。夏の間、軽井沢の別荘に居を移して、浅間山やバラの作品に取り組んでいらした梅原龍三郎画伯のお宅で、私はしばしば谷川先生にお目にかかり、夕食のお相伴もさせていただいた。

夕暮れ。食事時間の一時間ほど前に、梅原邸に到着したタクシーから谷川先生はスラリとした長身を現し、夕食後もまた三十分ほどの雑談を楽しまれて、八時前には必ず沓掛《くつかけ》の山荘へと戻ってゆかれる。その習慣はハンコで押したようにいつも同じであった。が、ある夜のこと、十時をすぎても谷川先生にお帰りの気配がみられない。沓掛までは車で一時間余り、私は夜更けの山道を登ってゆくタクシーが心配になって、おせっかいにも谷川先生に時間をお知らせした。と、谷川先生の眼元に浮かんでいた微笑がふッと消えて、意外な言葉がポロリとこぼれた。

「御迷惑とは思いますが、もう少しの間ここへ置いてくださいませんか。家内が眠るまで家へ帰りたくないのです。このごろ、外出先から戻る私に物をぶつけるようになりましてね、危ないのですよ」

　私は、何度かお目にかかったことのある、ひっそりと控えめな谷川夫人を思い出した。谷川先生の原稿のチェックから清書、出版社との連絡など、先生のお仕事に関する諸事万端をとりしきる谷川夫人は、谷川先生にとって、「なくてはならぬ存在」と、いつか先生も仰言っていた。その夫人に、突然アルツハイマーの症状が現れ、急激に進行しているという噂を聞いてから、まだ半年にもならないというのに……。

「キッチンドリンカーというんですか、台所のコップ酒がいまは朝からになりまして、私に物を投げたり、暴れるようになりました」

　それでもはじめの内は、正気と妄想の間をゆきつ戻りつの症状だったのが、ある日、谷川先生が外出先から帰ると、机の上に置いてあった新聞社に手渡す原稿が見当らない。大さわぎをして探したがみつからず、谷川先生は急遽原稿を書き直して〆切りに間に合わせたが、消えた原稿の行方が気になって、タンスの底から下駄箱の中まで覗いた揚句、ようやく問題の原稿をみつけだした。その原稿は、なんと、台所の冷蔵庫の奥深くに入っていた、という。夫人に問いただしても首を振るばかりでラチがあかず、

「いや、冷蔵庫の中とは驚きました」

と、谷川先生は低い笑い声を立てた。

谷川先生の外出中、なぜか不安に駆られた谷川夫人は、大切な原稿を胸に抱いて、一番安全な場所を求めて家中を歩きまわったにちがいない。そして、最も自分の目の届く台所の、しかも冷蔵庫の中が安全と判断して原稿をしまいこみ、扉を閉めたとたんに、いま自分がしたことさえ忘れてしまったのだろう、と私は想像する。

あの怜悧そのもののような谷川夫人が、玉ネギやキャベツの奥に原稿を入れている情景が目に浮かび、また、日々にこわれてゆく夫人の状態をじっと瞠めてお

られる谷川先生の心情を察して、私は頬のあたりがスッと冷たくなるような気がした。

私が、「老人性痴呆症」「アルツハイマー」という言葉を知ったのは、映画「恍惚の人」（有吉佐和子原作）に出演したときだった。時代の先取りに聡《さと》かった有吉さんが、当時はまだ人々に関心の薄かった「老人問題」を真っ向から提起した迫力のある小説で、忽ちにベストセラーになり、昭和四十八年に映画化された。

〝先妻に先立たれ、一人になった茂造は息子一家と同居する。が、痴呆症に冒された茂造は、失禁、妄想、徘徊などをくりかえす。嫁の昭子は舅の介護に振りまわされてヘトヘトになるが、いつの間にか舅に対して愛情にも似た感情が自分の心に芽ばえていることに気づく〟

というストーリーで、茂造を森繁久彌さん、昭子を私が演じた。

有吉さんは「恍惚の人」の執筆前に、国内、国外の老人施設や病院を駆けめぐり、老人学の勉強に六年間を費やした、という。

「小説に書いたアルツハイマーの症状なんて、ほんの一部なのよ。現実はもっともっと壮絶無惨で、私たちの想像もつかないことばかりなんだから」

と、数々のケースを話してくれた。中でも同性として哀切きわまりないのは、痴呆症にかかった家庭の主婦の行動であった。

彼女の年齢は六十七歳。料理上手で評判の、非の打ちどころのない主婦だった。が、ある夜更け、突然に寝床から起きあがった彼女は、居間に走ってガス栓を一杯に開け、台所のガス栓も開け放った。ガスの臭気が家中に広がり、家人が気づかなければ一家心中になるところだった、という。どうやらガス栓を閉めるつもりが逆に栓を開けてしまったらしく、その夜はさいわいにして事なきを得たけれど、二、三日後には再び就寝前に同じ事件が起きて、家族はようやく彼女の異状に気がついた。ある夕食のときには、「今夜は久し振りでお赤飯を炊いたのよ」と、砂利や小石の入った御飯を茶碗に盛りあげて家族を驚かせた。なにしろ台所を司る主婦だけに、どういう事態が起こるか分らない。家族会議を開く間だけでも病院に入ってもらおうとしたとき、台所に駆けこんで柱にしがみついた彼女は泣きわめいて抵抗したという。

痴呆症に冒された主婦のケースには何かと「台所」が登場してくる。振ればコトコトと音のしそうな萎びた頭の中にも、なお、台所の存在だけはしっかりと根をおろして動かないという女の性《さが》。女と台所……この「業《ごう》」にも似た関係は、ただ女性の本能という一言で片づけられるものではない。

ほとんどの男性は、結婚をしてもその生活の三十パーセントほどが「夫」というものになる。が、女性のほとんどは八十パーセントが主婦というエンドレスの賄い婦に変身する。「主婦」を辞典でひけば〝一家の主人の妻で家事をきりもりする女性〟とある。もっとも最近では結婚をしても家に俎板《まないた》もなく、包丁の代りに果物ナイフ一本という外食志向の若夫婦のシンプルライフもあるらしいが、それでも子供が生まれれば、ミルクを温めたりベビーフードを作るために台所に立たなければならないし、一生外食とインスタント食品ですます、というわけにはいかないだろう。

人間の嗜好は環境や、年齢とともに変ってくる。この私にしても、若いときには見向きもしなかったウドンや豆腐がいまは好物のひとつになっている。スープが味噌汁に、クロワッサンがお茶づけに、チーズが漬けものに移行することもあるだろう。どんな生活を送ろうが、なにをどう食そうが、その人の勝手だけれど、ある日、突然、異変が起こって、「今夜は家庭料理が喰べたい！」と夫に言われたときに、妻たるものは臨機応変、二、三品の家庭料理くらいはサッと作れるだけの才覚を持っていてほしい、と私はおもう。それすら「出来なーい」では妻でも主婦でもなく、単なる同居人にしかすぎないじゃないの、と、古人間の私は考えるのだ。

「新潮45」の四月号（平成五年）に、曾野綾子さんが、「三坪の畑に青菜やソラマメ、葱などの野菜を作っている」と書いていられるのを読んで、私はニンマリと悦に入った。一芸に秀でる人はなんとやら……というが、小説を書くというハードな作業の合間に庭へ出て、こまめに畑の雑草などを抜いている曾野さんの姿は、御主人の三浦朱門さんでなくても惚れ惚れとするほどいい女にみえるにちがいない。このごろ、断固として「結婚なんかしない」と言い切る女性が増えているのも、家事、とくに台所仕事なんかメンドクサイからだそうで、経験もしていないのによくわかるものだと私はビックリするのだが、そういう人は本当に結婚しないほうが賢明だと思う。第一、夫は台所仕事よりもっと「メンドクサイ」存在だし、そういう女性はやがては夫を「ぬれ落葉」だの「粗大ゴミ」だのと呼ぶ無神経なオバハンになってゆくにちがいない。

昔の子供は、お母さんが味噌汁の具を刻むトントントンという軽やかな包丁の音で目をさましたものである。茶の間に味噌汁の匂いが漂い、チャブ台の前に坐ったお父さんが朝刊を広げる。それが私たち日本人の家庭の朝だった。商家の主婦は「おかみさん」と呼ばれ、しもたやの主婦は「奥さん」と呼ばれ、共に気働きと炊事が出来なければ女の中に入れてもらえなかったものである。そして、おかみさんや奥さんの他に、ほんのひとにぎりだが「奥様」という存在があった。奥様はその名のようにいつも家の奥につつましく控えていた。やんごとなき気品と一種の威厳に満ちていて、買物カゴをぶら下げてマーケットへ行ったり、御用聞きと口をきいたりはしない。家事に類することはすべて、お次ぎの者、つまり女中さんや下男がする。もちろん台所に入って炊事をするなどはもってのほかである。そんな奥様はいまの世の中にはひとにぎりはおろか、ひとつまみも存在しないだろうけれど、私は「奥様」という呼び名にふさわしい女性を二人だけ知っていた。お二人ともいまはこの世にないが、谷崎潤一郎夫人と、梅原龍三郎夫人である。

谷崎松子さんも梅原艶子さんも、美しい方だった。生涯和服の女性《ひと》だった。そして、台所へは入らなかった……いや、入れなかった、のかも知れないと私は思っている。

周知の如く、もと大阪船場、根津家の御寮《ごりょ》ンはんだった松子さんを、若き日の谷崎先生は半ば強奪に近い情熱で獲得し、真綿でくるむようにして雲の上に置いた。松子夫人の食事の給仕は先生自らがして、自身は下《しも》にさがって食事をする。松子夫人の期待に反して夫婦らしい睦み合いなどには程遠い、不可思議な日常であった、という。

「秀子さんには想像がつかないかもしれないけど、私は娘のころダンスの好きなおきゃんなモダンガールだったのですよ。そうなのよ。でもいまは谷崎の好みに合わさなければ、とそればっかり考えているでしょう？　ときおり、それらしい演技をしている自分にハッとすることもあるけれど……」

松子夫人は独り言のようにそう言って、谷崎好みのやわらかい友禅の肩をちょっとすくめてひっそりと笑ったことがあった。

昭和二十五年、「細雪」の映画化で私が末娘の妙子役を演じたのがきっかけで、以来、伊豆山の谷崎邸に何度か泊ったことがあったが、五人の女中さんを使って台所仕事をとりしきっていたのは三女の重子さん（細雪の雪子のモデルといわれている）で、私は松子夫人が台所に入るのを一度も見たことがなかった。エプロンがけのかいがいしい松子夫人は、たぶん谷崎先生の好むところではなかったのだろう。

梅原艶子夫人は、生涯台所へ入らないばかりかマッチもすれない奥様だった。

「オバアの奴はあんまりだ、マッチもすれない奴とは思わなかったサ」

と、梅原先生がからかうと、艶子夫人は、

「だって、結婚するときオジイが言ったのよ、ボクは個性の強い男だから、キミは白紙のままがいい。余計なことはいっさいしてくれるな、って……。だから私は何もしないことに決めたのよ……」

と、口をとがらせた。

先生と艶子夫人はほとんど見合結婚である。仲が良く、どこへ行っても先生のそばには必ず艶子夫人が大きな人形のように「なんにもしない」で控えていた。「なんにもしない」ということはまた、よほど強固な意志なくしてできることではない。私の観察したところでは、艶子夫人は先生を上まわる強い精神力を持った女性だった、とおもう。

その艶子夫人が、昭和五十二年の春、風邪から脱水症状をおこし、フッと消えるように亡くなって以来、梅原先生の日常生活はひどく不安定になり、まず食事時間がめちゃめちゃに乱れた。以前から、「ボクはもともとひるメシはいらないんだ、オバアにつきあってイヤイヤ喰っているだけなんだ」と仰言ってはいたもののの、食事らしいものは一日にせいぜい一回、そのくせ夜中にとつぜん「サシミだ」「うなぎだ」と大さわぎになったりで、そうこうする内に、朝と夜がサカサマになってしまった。

梅原先生は、昭和四十七年、八十四歳で右眼の白内障の手術を受けた。手術は大成功で、当時は「向こうの山のてっぺんの木の葉まで見えるようになった」と大喜びをされていたけれど、身体の衰弱と共に絵筆を持つ力がなくなり、足も弱って、次第にベッドに入っている時間が多くなっていった。お見舞に伺うたびにお顔も身体も見ちがえるほど小さくなり、二間続きの御夫妻の寝室には、艶子夫人ではなく白衣の看護婦さんが控えていた。ある日のこと、電話で呼ばれて出かけてゆくと、珍しく応接間で三十分待たされた。「ベッドの中でヒゲをそり、髪を整え、パジャマを着更えて、おめかしが長びいてしまいましたので」と、秘書の高久さんが現れ、寝室に案内された。先生は私を見ると開口一番、「朝から何も喰ってないや」とニッコリなさった。時計は三時をまわっている。私はビックリして、先生の好物のキャビア、フォアグラ、オムレツなどを用意してもらい、「ギリにも召上がっていただきます」と、唇の中へねじこむようにしてスプーンを運んだ。先生は「ふふーん、ギリとは辛いものだなァ」とぶつぶつ呟きながら、それでも三分の一ほどはお腹に納めてくださった。

食後、夢ともうつつともしれないようなお喋りに耳をかたむけていたとき、先生はポン！　とオナラを落した。と、先生は矢庭に高久さんと看護婦さんに、「廊下のガラス戸も窓も一杯に開けなさい！　早く、早く」と大声で叫んだ。私は「お布団が掛かってますから、オナラなんて平気です。窓を開けると風邪をひくからダメです。私はもう帰りますから」と、早々に立ち上がった。そして、その日が先生とのお別れになった。お別れにしたのは一方的に私が決めたことである。

梅原先生は昔から身だしなみのいい紳士だった。外出時には必ず口をすすぎ、三つ揃いの背広にラベンダーのコロンをプンプンさせていた方だった。その先生が人前でオナラを落すなんて、どんなに、どんなに恥かしかったことだろう。あの一瞬絶句したような先生の顔を、私は二度と見たくはないし、見てはいけない。先生も見せたくないにちがいない、そう思ったからだった。精神はいかに毅然としていても肉体の衰え、ゆるみは避けられないのだもの。

「死に顔をひとに見られるなんてマッピラだ。ボクが死んでも通夜や葬式は無用、死者が生者を煩わすことはない」

と、先生は常々仰言ってた。だから私は誰がどう思おうとお葬式にはいかなかったし、お墓まいりもしない。先生がイヤだということはしたくなかったし、お墓へゆけば先生の死が決定的になってしまって、私がイヤだからである。

梅原龍三郎先生は九十七歳で亡くなった。艶子夫人は八十四歳。谷崎潤一郎先生は七十九歳で亡くなり、松子夫人は八十七歳だった。谷川徹三先生は九十四歳で亡くなり、今年は私の仕事仲間だった俳優の笠智衆さんが八十八歳でこの世を去った。皆さんボケることなく十全に生きた。

ボケとはいったいなんだろう？　人間の細胞は、成人になれば一日に十万個が失われてゆく、という。ふつうの老人の物忘れは一、二年ではあまり変化がないがアルツハイマー症になれば数ヶ月中に急激に進んで脳の機能が失われてゆく、という。もちろん老いにも個人差があり、十人が十人ボケ老人になるというわけではなく、八十歳でもシャープで洒脱で魅力的な老人もいる。前記の方々がそのサンプルである。「例外ですよ。特別人間だもの」と言ってしまえばそれまでだけれど、私は、もしかしたら、その「例外」に近づく方法があるのではないか？と一縷《いちる》の望みをかけたくなる。谷崎、梅原の両先生も谷川先生も、常に自分を高

く持ち、あくまで自分自身にきびしかった。人を許すことはあっても自分を決して許さなかった。松子夫人、艶子夫人もまた、徹底的に御主人に従って、人生のコースが大幅に変更したかもしれないが、強靭な精神力でその生命を貫いた。

こうして文章にしてみてはじめてわかったことだけれど、人間に不可欠なものは、一にも二にも「絶え間のない緊張感」だと、私は今更ながら思い知った。緊張感にも個人差があって、四六時中緊張している人、ある事柄にのみ異常に緊張を覚える人、緊張なんざどこ吹く風、といった呑気な人、と、いろいろだろう。私は、といえば五十余年間の女優生活の間は、なにしろ人間相手の仕事だからのべつまくなしウッスラと緊張……というか、気を張ってはいたようである。そして現在は初体験のボケ入門一年生だからそれなりの緊張感はないとは言えない。

ボケが進行して脳みそのヒダが乾燥椎茸のようになれば、緊張感などというものは全くカンケイなくなってしまうのだろうか？　ボケ老人はボケ老人なりに「ボケの歯止めはないものか」と、必死になっているのだろうけれど、私は、まわりの人々がおせっかいにも手取り足取りしてボケの進行を手伝っているような気がしてならないのだ。第一、老人とみると、会話に妙な幼児語を使うのが私は気に入らない。

「さあ、よーく噛んでくださいねぇ、ホイホイのホーイと……あーらお上手にできましたこと、ハイ、次はお豆腐チャンですヨ」

「おばあちゃん、お元気でいいですねぇ、きんさんぎんさんなんて顔負けですよ。いつまでも頑張ってチョーダイね」

といった類いで、ただもう、そらぞらしくて、気味が悪くて「よせやい」である。老人の中にはそうした猫なで声の好きな人もいて、「ハイハイ頑張りまーす」などと調子を合わせているものの、おなかの中では案外「このバカタレが」と、せせら笑っているかも知れない。もっと狡猾な老人は御機嫌をとってほしいあまりにわざと駄々をこねたり、ボケたふりをするかも知れない。いや「かも知れない」ではなく、私はこの眼で実際にそういう老人を見たのだから間違いはない。

それは私の養母である。

母は七十歳のときにヘルペス（帯状疱疹）にかかった。脊髄をつたわったヴィールスに脳をおかされ、意識が戻ったとき、私の名前は「秀子」ではなく「オカーサン」になり、松山は「オトーサン」になっていた。そこへプラス老人性痴呆ときたから大変で、それまで営業していた料亭もたたみ、入退院が続いた。御承知のごとく、アルツハイマーの老人でも身体がピンシャンしていればいつまでも病院には置いてくれないから、今日は東へ明日は西へ、と病院を転々として、最終的には麻布のわが家の庭にある亭主の書斎に住んだ。アルツハイマーの症状は日一日と進行して、窓を開けて通行人に助けを求めたり、食事の直後に食事をせがんだり、風呂も便所もお手伝いさんの手を借りなければ用が足せなくなって、やがて半日以上はベッド暮しになった。様子を見にゆくたびに、ある日はメソメソとかきくどき、ある日は意味もなく怒りだし、まわりの人々は母ひとりに振りまわされてクタクタになった。

ある朝のこと、「仕事で出かけてくるからネ」と、ベッドでべそをかいている母に心を残しながら庭下駄をつっかけて外へ出た私は、何気なく振りかえって、ギョッとして立ち停まった。いまのいままでベッドにへばりついていたはずの母が、とつぜんケロリとした顔でベッドを下り、スタスタと洗面所に向かって歩きだしたのである。

「騙された！」

唖然として棒立ちになっていた私の胸もとに、嘔吐のような憎悪が盛りあがってきた。私の母は、世間の常識からは程遠い人であった。何十年にも亘る母娘の確執は単行本の上下にも書ききれないほどだが、あのときほど、心底母を憎んだことはなかった。

母は常日頃もなかなか芝居気のある人だったが、それにしてもあのボケぶりは完璧だった。私は過去に六十余りの女優演技賞を受賞したけれど、母の演技力には到底及ばない。

演技賞ものの母のボケ芝居以来、私はボケ老人をチラッと疑いの眼で見るようになった。人を観察するのが職業だった私は、母にはコロリと騙されたけれど、もう決して騙されはしないし、自分をも騙さない。いつぞや、「ガンよ傲るなかれ」という文章を読んだことがあったが、いまは、「アルツハイマーよ傲るなかれ」という心境である。

そして私の性《しょう》のぬけた身体とふやけた頭に向かって、「緊張、緊張」と号令をかけながら今日も台所に立ってキンピラゴボウを作り、たけのこ御飯を炊いている。

死んでたまるか

私たち夫婦が「人生の店じまい」について考えはじめたのは、四十歳も終りのころだった。

自由業の共働きで子供もなく、至ってノンキな生活だから、何時《いつ》どこでどう死んでも、どうということはないが、それだけに、もし二人が同時に事故などで命をおとした場合には、必然的に他人《ひと》さまの手をわずらわせることになる。私たちは似たもの夫婦というのか、他人さまに面倒をかけるのが「死ぬほど辛い」という性格で、自分のことは自分でせよ、という生きかたを通してきただけに、日頃ロクにおつきあいもせず義理を欠きっ放しの知人、友人に、「あと始末だけよろしくね」では、あまりに虫がよすぎて心苦しい。

人間の成功には「チャンスと努力とサム・マネー」というチャップリンの名言があるけれど、人生、店じまいの支度をするにもやはり「サム・マネー」が必要らしい。

「第一、遺言ひとつ書いたって、しかるべき手続きが要るだろう、弁護士さんや立会人たのんだりサ」

「葬式代立て替えてもらっても返すアテもないしねぇ」

真面目《まじめ》一方で、金にならない仕事ばかり追いかけているような亭主と、すっかり怠けぐせがついて稼ぐ気などてんで無い女房が、アホみたいなことを言っている内に、早くも二、三年が過ぎた。

五十歳をすぎると月日の経つのが早く感じられる、というけれど、全くで、亭主の老化も駆け足で進み、ますます出無精になった女房がのらりくらりとしている内に、正月ばかりがせかせかと御用聞きみたいにやって来る。

私たちはようやく幕切れの近さを感じはじめた。

「具体的に、まず身辺整理からいくか」

という亭主の一言で、やっとエンジンがかかり、私たちはドッコイショと腰を上げた。

亭主は思うところがあったのか、責任のある役職をひとつふたつ退職し、山積する蔵書の整理をはじめた。

私はまず、三階の本棚にひしめいている五歳から五十年間に及ぶ映画の脚本と、膨大なスティル写真のすべてを、川喜多財団のフィルムセンター資料館に寄附することにした。

昭和五年ごろの脚本は日本紙の和綴《わと》じ作りで、日本映画のファンにとっては興味があるかも知れない、と思ったからである。

次いで、この機会に大幅に処分するべき家具調度から皿小鉢に至るまでの物品のリスト作りにかかった。

私は少女のころから古い物が好きで、骨董とまではいかないが家中に古物がひしめいている。その古物の中に、これも相当に古びた私が居坐っているから、わが家はまるでお化け屋敷である。中でも多いのが食器類で、十人前のお椀やら六人前のディナーセットやらが天井裏まで這いのぼっている。

「部屋があるから人が泊るのだ。人を招《よ》ぶから食器が要るのだ。整理整頓芸の内！」

私はブツブツ呟きながら、リストの最初に「ディナーセット百三十ピース」と書き入れてホッとした。

私は亭主に整理魔と言われるほど、ゼッタイに必要以外の物は家に置かない主義だが、それでも人間五十年も生きていればじわりじわりと物が増え、そのひとつひとつに何かしらの思い出がしみこんでいる。この際、家中に澱《よど》んでいる澱《おり》を掃き出して身軽になるのも悪くない。

パリの蚤《のみ》の市《いち》から大切に持ち帰った飾り皿、ハンガリーの骨董屋でみつけた古い鏡、ドイツの古道具屋から船で送らせた椅子やテーブル、イギリス製の優雅な飾り棚、そして美しいガラス類……。未練がないというのは建て前で、本音は歯ギシリするほど口惜《くや》しい。が、それらを肩にひっかついで墓には入れない。

「身死して財残ることは智者《ちしゃ》のせざる処《ところ》なり……」と、私の敬愛する、なんでもかんでもいいと見苦しいのオッサン、吉田兼好の『徒然草《つれづれぐさ》』にもあるではないか。物への執着は捨てて、物にまつわる思い出だけを胸の底に積み重ねておくことにしよう。思い出は、何時でも何処《どこ》でも取りだして懐かしむことができるし、泥棒に持っていかれる心配もない……家財道具は三分の一に減った。

身辺整理にメドがついたころから、私たちは、今後の（老後の、というべきか）生きかたについて話し合った。
「生活を簡略にして、年相応に謙虚に生きよう」。それが二人の結論だった。気持ちを若く持つのはいいけれど、あちこちへ出しゃばってはしゃぎまわる体力は私たちにはもう無いし、もともと趣味ではない。
わが家はこの何十年来、私たち夫婦と二人のお手伝いさん、運転手さんの五人暮しであった。家は三階建てで九部屋ある。この家を現状のまま将来も維持してゆく自信など到底ない。
私は生まれつき貧乏性なのか、人気女優といわれたころも、大邸宅に住んで人を侍《はべ》らせ、豪奢《ごうしゃ》な生活をしたいとは一度も思ったことがない。

「賤《いや》しげなる物、居たるあたりに調度の多き……」は見苦しい、という文章に百パーセント同感で、自分の身丈に合ったこぢんまりとした住居でスッキリと寝起きするのが理想だった。しかし、たまたま私が映画女優というやくざな職業に就いたばかりに、私の生活は頑張れば頑張るほどスッキリどころかゲンナリするような方向に向かっていった。皮肉なものである。

人気女優にはまず「後援会」などというビラビラしたものが附着する。私の場合もまた例外ではなく、銀座のド真ン中に「高峰秀子事務所」が出来て、「DEKO」という月刊誌が発行された。雑誌の表紙やグラビア撮影のためのおびただしい衣裳がタンスからはみ出し、住居も引越しのたびに間数が増えた。

家が大きくなれば当然人手が必要で使用人も増える。一時はお手伝いが七人もいて、私はロクに名前も覚えられなかった。私の付き添い、養母の小間使い、和裁係り、庭係り、台所係りが三人で、まこと「家の中に子孫の多き……」で、わずらわしかった。

さて、問題のわが家だが、大きすぎるからといって不用な部分をノコギリで切り落すわけにもいかず、私は建築屋さんに「家を小さく改造」する見積もりを出してもらった。何分にも古風な教会建築なので今は職人も少なく、改造費は建てるより高い、という。「ゲエーッ」とビックリしている内にまた正月がやって来て一年が過ぎていった。

すったもんだの揚句、半分やけくそで前の家をブッ壊し、念願の「終《つい》の住処《すみか》」が完成したのは昭和六十年であった。

私は今日までに数えてみたこともないくらい引越しをし、家も九軒建てた。このたびの「終の住処」が十軒目ということになる。

三人の従業員の解散、サム・マネーの調達、書斎、寝室、リビングキッチン、と、三間こっきりの新居の設計、と私たちは飛びまわって疲れ果てた。

建築中、ホテル住いをしていた私たちが新居に入ったのは六十一年、二月はじめの大雪の日だった。この家の最大の贅沢《ぜいたく》はセントラルヒーティングで、家中がぬくぬくと温かい。

「たいへんだったネ」

「たいへんだった」

「でも、サッパリしたネ」

「ああ、サッパリした」

私たちは、思い切り首をのばした亀のような顔をして、大きく開いた窓外の美しい雪景色を眺めた。戦いすんで、日が暮れて……という心境だった。

私たちは、あり金をはたいて最後の家を建てた。サム・マネーがあったからこそ、とはいうものの、そのマネーは、結婚以来三十余年、夫婦がわき目もふらずシコシコと働き続けて得たお宝である。そして、そのお宝のすべては「死ぬための生き方」のために費やされた。「なんのこっちゃい」と言いたくなるが、それが人生というものだろう。

入居当時は白いケーキの箱のようだった新居も、ようやくなじみ、庭に配置した木々もめでたく根づいた。と思ったら、常日頃「六十五歳死亡説」をとなえていた亭主が体力づくりと称してセッセとヘルスセンターに通いだした。

「こんなにいい家が出来たのに、死んでたまるか！」

というのがその理由である。

「死ぬために生きる」のは、どっちに転んでも忙しいことですねぇ。

ピエロのおへそ――文庫版のためのあとがき

「にんげんのおへそ」は、平成十年に単行本として出版されました。装幀は、私が常日頃から敬愛する、御存知「安野光雅画伯」でした。

原稿の校正が終ったあと、首を長くして待っていた私のもとに、表紙絵と題字のコピーが届いてきました。よく見ると、一人一人の表情が微妙にちがう小指の先ほどのチビピエロたちがギッシリと居並んでいるのです。可愛らしく、美しい表紙絵で、私はバンザーイと飛びあがりました。

ところが、題字です。「おへそ」の文字をカタカナにするか、ひらがなか、というこ とになったとき、アンノ天才は言下に「ひらがなでおへそ！」と仰言《おっしゃ》ったにもかかわらず、題字はなんと「にんげんのへそ」と書かれていて「お」がぬけていました。画伯はたぶん、御自分のおへそを、へそ、へそ、とよんでいられるからでしょうか、おへそはやはり女言葉なのかもしれません。でべそでなくて、まだよかったけれど。

その「にんげんのおへそ」が、このたび文庫本として出版されることになって、私はまたまたバンザーイです。

安野画伯がカバーに画《えが》いてくださったのは、今度はデブのピエロのおじさんで、これが、みればみるほどおしゃれでお利口、ちょいと見ただけでは、なんのことやら?とお思いかもしれませんが、ひとつだけヒントをお知らせしますと、ピエロが左手の指先きでつまんでいる梅干のような物体は、つまりピエロの「おへそ」なのであります。右手の、菱形に穴があいているのはなぜなのか?　ピエロの衣裳の真ン中だけが、どうして白いのか？　……ホーラ、もうお分りになったでしょう。

安野画伯のセンスって、超バッグンですね。いつもどこかしらに工夫があって、優しくて、ふんわかとあたたかくて、見る人の心の中まで和やかにしてくれます。安野先生、ありがとうございました。

平成十三年八月

高峰秀子

復刻に寄せて

～生誕100年を迎えた母・高峰秀子に捧ぐ

斎藤明美

これら13作の随筆はそれぞれに違う色合いを持ちながら、それぞれに、とても高峰らしさに溢れている。

たとえば「風の出会い」の絶妙な構成。早や高峰の映像的センスが見える。行きずりの人とのほんの些細な邂逅を、胸に染みる物語にした「春風」。空の電話ボックス一つを見て小説が書けると言ったのは誰か忘れたが、まさにそれである。誰もが体験するであろう小さな出来事を、彼女の感性が、逸品に仕上げた、人間の温かさが信じられる作品だ。「木枯し」は、やはり名も知らぬ、顔さえ知らぬ女性への高峰の静かで深い思いが描かれていて、心の奥に涙がにじむような切ない一篇だ。「つむじ風」という言葉自体、今や耳にすることが無くなったが、そのガラス戸をカタカタと鳴らす風に、高峰は敬愛する二人の女性との出会いを重ねている。そこには人を敬う気持ち、畏れる思い、そして慎ましい書き手の人柄がうかがえて、美しい。

中でも「午前十時三十分」は、高峰秀子という人間を象徴する作品である。

まず冒頭のユーモア。「私、その高峰です。高峰秀子さんのなれの果てです」。魚屋の主人にサラリと言った一言「そのなれの果てです」、何と粋ではないか。

そして一人の少年に出逢うのだが、彼に対するガラス細工のように繊細で透明な高峰の心に私は圧倒される。何も聞かず、何も言わず、自らそっと身を引いていった高峰の、人との距離感。これこそが他者への本当の思いやりではないだろうか。

以前、松山家の近くの公園の石段にいつも腰掛けている女性の浮浪者がいた。「あの人、今日はいないね」、松山善三と車で帰宅する時、外を見ながら私が言った。「気になるのか?」松山は聞いた。「うん、だっていつもあそこに腰掛けてたから」。私の返事に松山が「その人の人生を請け負えるのか?」。「え⁉」、私は驚いて「そんなこと無理だよ」。すると松山が言ったのだ、「その人の人生に責任が持てないなら、余計な興味を持つな」。私は頭をトンカチでぶん殴られた思いがした。高峰も「午前十時三十分」の中で書いている、

〈他人への干渉はいらぬことなのだ〉

高峰は人と明確に距離を置く人だった。「冷たい」「怖い」と言う人もいた。だがそこには松山が言った同じ思いがある。

本人の気持ちも考えず無理やり病室に見舞いに行く、墓参りしたいから墓の所在《ありか》を教えろ……そういう厚かましい自己満足とは無縁の夫婦だった。人を尊重するとはどういうことか知っている二人だった。

かつて東京と高知を三日おきに往復しながら仕事と看病を続けて三年で母を亡くした私に、何も聞かず、何も言わず、ただ毎日温かい手作りの食事を与えてくれた高峰と、黙って受け入れてくれた松山に、私の人生まで引き受けてくれた二人の真心に、私は恩返しする術《すべ》もない。

本書を生き返らせてくれた清水様、八幡様、北島様に、高峰に代わって感謝いたします。

2024年師走

松山善三・高峰秀子養女／文筆家

単行本　平成十年五月　文藝春秋刊

にんげんのおへそ

発行日　2025年1月31日　初版第1刷発行

著　　者　高峰秀子《たかみねひでこ》

発 行 者　秋尾弘史
発 行 所　株式会社 扶桑社
〒105-8070　東京都港区海岸1-2-20　汐留ビルディング
電話　03-5843-8583(編集)
03-5843-8143(メールセンター)
www.fusosha.co.jp

印刷・製本　中央精版印刷株式会社

Printed in Japan　ISBN 978-4-594-09990-9